「ねえ。パパなんでしょう？」

その少年は目をパッチリと開いて私を見ていた。私は無言で首を振《ふ》った。

いったい最近の教育はどうなっているんだろう？　サンタクロースなんて誰《だれ》も信じやしない。

「ずっと起きてたのかい、坊《ぼう》や？」

私は肩《かた》から荷物《にもつ》をおろして、この子にふさわしい贈物《おくりもの》を探《さが》しはじめた。

「うん。待ってたんだ」

少年の目はキラキラ輝《かがや》いている。私はそれを見て、少しホッとした気分になった。

「そりゃ、うれしいな。でも眠《ねむ》っていてくれたほうがよかったな」

「どうして？」

「そのほうが仕事がしやすいからね。起きてたら、ほら、こうしてお話ししなくちゃいけないだろう？」

「うん。でもぼくはお話がしたかったんだ」

「そうかい。だけど、おじさんはすぐに行かなくちゃいけないんだよ」

「どうして？」

「明るくなる前に、世界中の子どもたちにプレゼントを配らなくちゃいけないからね」

「ウソ言ってら」

「ウソじゃないよ、坊や。靴下《くつした》はどこだい？」

私はベッドの周囲を見まわした。靴下がどこにも見あたらなかった。

「ほら。こっちだよ。自分で作ったんだよ。すごく大きいでしょ」

「まるでベッドカバーだね？　これが靴下かい？」

「でっかいプレゼントが入るようにさ」

私は苦笑《くしょう》した。

「それじゃ、特別大きなプレゼントをあげよう。特別だよ」

「うん。そういうことにしておくよ」

「そういうこと？」

「だって、そうでしょう？　ぼく知ってるんだ」

「何を？」

「サンタクロースなんて、いるはずがないってこと」

「ここにいるじゃないか」

少年はクスクス笑った。

「だめだよ。本当はパパなんでしょう？学校のみんなも言ってたよ。サンタクロースなんているはずがないって。プレゼントを持ってくるのは、本当はパパなんだって」

「それじゃ、みんなが間違《まちが》っているんだ。私は本物のサンタクロースさ」

「でも、この家には煙突《えんとつ》がないよ。どうやって入ってきたのさ」

「坊《ぼう》や、煙突は時代遅《おく》れだよ。今じゃ、どこの家にも煙突なんてないよ」

「じゃ、どこから入ってきたの」

「玄関《げんかん》からだよ。壁《かべ》を通《とお》り抜《ぬ》けることだってできるんだよ」

「ウソだい」

「ウソじゃないよ。私は本物のサンタクロースなんだから。サンタクロースがウソをつくわけがないだろう？」

「でも、本当はパパなんだ」

「そうじゃないったら」

私は、巨大《きょだい》な靴下の中に、戦車のプラモデルを押《お》しこんで立ち上がった。

「さあ。そろそろ行かなくちゃ。おやすみ、坊や」

「本当はパパなんでしょう？　パパだと言ってよ。パパなんでしょう？」

「そうじゃないんだ。おやすみ」

私は、自分がサンタクロースであることを証明《しょうめい》するために、プロ野球チームのポスターが貼《は》ってある壁を通り抜けて外に出た。

雪が降《ふ》っていた。

私はソリの荷台《にだい》に荷物《にもつ》を放りこんで、御者台《ぎょしゃだい》にどっかりと腰《こし》をおろした。

そのとき、ふと妙《みょう》な考えが私の心に浮《う》かんだ。もしかしたら、と私は思った。その考えは私を不安にした。

私は急いでトナカイの尻《しり》にムチをいれた。
そして玄関《げんかん》の前にソリをまわした。
「しまった……」
表札《ひょうさつ》を見て、私は自分の額《ひたい》を叩《たた》いた。
雪で半《なか》ばかくれていたとはいえ、
表札に書かれている文字は、
たしかに『F―孤児院《こじいん》』と読めた。
（作　中原涼）

あなたが生まれたとき、
周《まわ》りの人は笑《わら》い、あなたは泣《な》いていたでしょう。
あなたが死ぬときには、
あなたが笑い、周りの人が泣く――
そんな人生を送りなさい。

――ネイティブアメリカンの教え

地球嫌《ぎら》い

月面《げつめん》の建設現場で働《はたら》いている労働者《ろうどうしゃ》の中に風変わりな男がいる。

並《なみ》はずれた筋肉《きんにく》を持つ大男で、異様《いよう》に鋭《するど》い目つきをしているうえに、ほとんど口をきかない。

仕事で声をかけられても、「おお」とか「ああ」とか答えるだけだ。

「どうも、あいつは、つきあいが悪い」

仲間からも敬遠《けいえん》されがちである。しかし変わり者なのでよく話題にされるのだ。

月面で働く労働者は、半年か長くても1年も経《た》てば地球が恋《こい》しくて、どうしようもなくなる。

これは単なる望郷《ぼうきょう》の念だけでなく、人間の本性に根ざした思いなのだろう。彼ら感傷《かんしょう》でボロボロになった労働者は、地球の相場の10倍以上の給料を手にすると、さっさと地球に引きあげてしまうのが通例である。雇用者側《こようしゃがわ》も、定期的に人員を入れかえることに何の疑問《ぎもん》もいだいていない。

ところが、この鋭い目つきの大男だけは、5年前に月にやってきて以来一度も地球に帰っていないのである。

「よほど月が好きなのだろう」

そう考える者は、一人もいない。拘束衣《こうそくい》にも似た宇宙服《うちゅうふく》なしでは一歩も外を出歩けない環《かん》境《きょう》はそれほど過酷《かこく》である。ロマンチックな要素はどこにもない。

「それでは、金のためか?」

これもちがう。月で5年間も働けば、地球で一生働いた分の給料がもらえるのだ。しかも、その大金を使うためには、地球に帰らなければならない。

「すると、地球に帰れない、のっぴきならない事情があるとしか考えられないな。もしかすると犯罪者じゃないのか。やつの態度から見て、どうもそんな気がするのだが」

これも、詮索《せんさく》好きな男が地球に帰還《きかん》した際に、わざわざ人を使って調べたが、結果は否定的《ひていてき》だった。容疑者《ようぎしゃ》としてマークされたこともなければ、犯罪組織にかかわった形跡《けいせき》もなく、前科すらなかった。

「おかしいな。それじゃ、どうして地球に戻《もど》らないんだろう。もう一生遊んで暮《く》らせるぐらいの金はたまっただろうに」

「おそらく、地球が嫌《きら》いなんだろう。やつが人間嫌いであることは間違《まちが》いないんだからな」

「そうだな。きっと地球嫌いなんだ」

さて、仲間たちから地球嫌いと断定されたこの偏屈《へんくつ》男も、ついに地球に帰らなければならない日がやってきた。予定の工事が終了《しゅうりょう》し、契約《けいやく》が切れたのである。

「どうかお願いです。もう少しここで働かせてください」

偏屈男は、まわらぬ舌を動かして、雇用者の代理人に談判《だんぱん》した。

「おれは地球に帰りたくないんです。いや、帰ってはいけないんです。お願いです。一生月で暮らせるようにしてください」

「それは無理だよ。だいいち月にはまだ何もないじゃないか。どうして地球に帰りたくないんだね？」

「それは言えません」

「まあ、人に言えない悩《なや》みもあるだろうが、月に残るくらいなら地球に帰って刑務所《けいむしょ》に入ったほうがましだよ」

「そんなことではないんです」

「いずれにしろ、この事務所ではどうすることもできないようだね。地球に戻《もど》れば、また別の工事の募集《ぼしゅう》があるだろうから、もう一度それに応募してみることだ」

大男は、がっくりと肩《かた》を落とした。談判は成功しなかった。

やがて男は、他の労働者とともに帰還《きかん》の途《と》についた。皆《みな》がよろこび騒《さわ》ぐ中で、彼一人だけが大きな体を小さくして悲嘆《ひたん》にくれていた。

帰還船の小さな丸窓《まるまど》から、しだいに大きく近づいてくる地球と、しだいに小さく離《はな》れていく月が見えた。

「ああ。あれが地球だ。地球はやっぱりきれいだなぁ」

だれかが感動した声で言った。

「見ろよ。こうして離れてみると、月もなつかしいな。おれたちはあそこで働いていたんだぜ」

「しかも、ちょうど満月だなぁ」

「こうして見ると、月も美しいなぁ」

船室の中央で頭をかかえていた大男も、それを聞くと誘《さそ》われるように船窓《せんそう》に近づいていった。

まるで抵抗《ていこう》できない力にあやつられるような歩き方だった。

「おい。どうした？」

だれかが、彼の発散する異様《いよう》な雰囲気《ふんいき》に気づいて声をかけたが、彼はまったく反応しなかった。目を大きく見開き、ゆっくりと船窓に近寄っていった。船窓に鈴《すず》なりになっていた人々は、彼のために道をあけた。

大男は一言も発せぬまま、いきなり窓枠《まどわく》にしがみつき、目の前に広がる大きな月を目にした。

そのとたん、彼は野獣《やじゅう》のような吠《ほ》え声をあげ、胸《むね》をかきむしり床《ゆか》をのたうちまわった。

そして、すべてが明らかになった。次に彼が立ち上がったとき、露出《ろしゅつ》した肌《はだ》には獣毛《じゅうもう》が生《は》え、その顔はまさしく冷酷《れいこく》で凶悪《きょうあく》な狼《おおかみ》のそれになっていたのだ。

彼が地球に帰れないわけを、このときはじめてすべての者が理解したが、すでに手遅《ておく》れだった。


（作　中原涼）

ココア色の想《おも》い出《で》

ミニチュアダックスフントの彼女を、「ココア」と命名したのは私だ。

ココアがうちにやってきたのは、私の小学1年生の誕生日《たんじょうび》。幼稚園《ようちえん》の頃《ころ》からずっと「犬が飼《か》いたい」と訴《うった》え続けていた私の願いがようやく聞《き》き届《とど》けられ、バースデープレゼントとしてパパが連れてきてくれたのだ。「ママもお仕事が忙《いそが》しいんだから、この子の面倒《めんどう》はヒロがみるんだぞ」という条件つきだったけれど。

私は、ココアのクリクリとした愛《あい》くるしい瞳《ひとみ》に、たちまち魅了《みりょう》された。ココアが仔犬《こいぬ》の頃《ころ》は、離乳食《りにゅうしょく》みたいな食事の世話《せわ》、トイレのしつけ、そしてお散歩《さんぽ》デビュー……いろいろ大変だった。けれどココアは、私を「お姉《ねえ》ちゃん」として認識《にんしき》してくれたらしい。私たちは、まるで姉妹《しまい》のように、いつも一緒《いっしょ》だった。

ママに内緒《ないしょ》でおやつを分け合って食べることもあった。宿題をするときも、ベッドに入って眠《ねむ》るときも、私のそばには必ずココアがいた。朝、目覚《めざ》ましが鳴っても気づかないときは、ほっぺにキスの嵐《あらし》で起こしてくれた。ちょっと気になる男子のことや、誰《だれ》にも言えない秘密《ひみつ》を打ち明けたこともあった。

けれど、私が中学生になりバレー部に入った頃から、ココアとの蜜月《みつげつ》はしだいに希薄《きはく》になっていった。部活を終えると、帰りは遅《おそ》くなってしまう。帰り道、友人たちとのおしゃべりも楽しい。夕方の散歩《さんぽ》は私の役目だったのに、いつからか、ママに任《まか》せきりになってしまっていた。

以前のようにかまってくれない私の注意をひこうと思ったのか、ココアは、様々なものを部屋のいたるところに隠《かく》すいたずらをはじめた。いたずらのターゲットとなったのは、主に体育館用のシューズやハイソックス、どれも部活に関するものだった。

翌日《よくじつ》の試合で着るユニフォームが行方不明《ゆくえふめい》になり、大騒《おおさわ》ぎしたこともあった。ママにも協力してもらい、家じゅうを大捜索《だいそうさく》した結果、ユニフォームは洗濯機《せんたくき》と壁《かべ》の隙間《すきま》から発見された。もちろん犯人はココアだ。

もし見つからなかったら、せっかくレギュラーのポジションをもらったばかりなのに、試合に出られない。チームのメンバーにも迷惑《めいわく》がかかる。頭に血が上《のぼ》っていた私は、得意げに逃《に》げ回《まわ》るココアを手荒《てあら》くつかまえ、きつく叱《しか》りつけた。声を荒《あら》げた私を、すねた目で見上げたココアは、しゅんと尻尾《しっぽ》を丸め、ソファのうしろにうずくまった。

それは、高校2年生の夏休みのことだった。高校でもバレー部に入っていた私は、午後の部活を終えると珍《めずら》しくまっすぐに帰宅《きたく》した。ひどく蒸《む》し暑《あつ》い日で、とても疲《つか》れており、友だちと遊ぶ元気がなかったのだ。

ママはまだパートから帰っていなかった。私は、足元にまとわりつくココアを無視《むし》してキッチンへ直行し、冷蔵庫《れいぞうこ》の扉《とびら》を開けた。カーテンから差《さ》し込《こ》む西日《にしび》で部屋は蜂蜜色《はちみついろ》に染《そ》まっている。冷たい麦茶《むぎちゃ》をごくごく飲んでいると、ココアが後ろ足で立ち上がり、「私もなにか飲みたい」と訴《うった》えかけてきた。

「はいはい、ちょっと待って」

私はボールにペットボトルの水を注いだ。ココアも、のどが渇《かわ》いていたようだ。ピンク色の舌《した》でぴちゃぴちゃ音をたて、無心《むしん》に水を飲みはじめた。

「あっつい」

ソファに腰《こし》かけ、制服《せいふく》のスカートをぱたぱたしていると、ココアがのそのそ私の膝《ひざ》の上に乗り、じゃれついてきた。以前は、楽々とソファにジャンプすることができたのだが、ここのところ、脚力《きゃくりょく》が弱ってきているようだった。

この時間、私の顔をペロペロするのは、「お散歩に連れて行って」のサインだ。ママが帰ってくるまでまだ間がある。仕方なく私は、散歩に出かけることにした。制服を着替《きが》え、玄関先《げんかんさき》のフックにひっかけてあるリードを手にする。ココアは、久しぶりの私とのお散歩がうれしかったのか、「わーい、今日《きょう》はヒロちゃんが連れて行ってくれるのね」とでも言うように、興奮《こうふん》した様子《ようす》ではしゃぎだした。

いつものルートで公園へ向かう道を歩いていると、ハーフパンツのポケットの中でスマホが鳴った。さっき駅で別れたばかりの友人からのラインだ。他愛《たあい》のない内容だったと思う。公園はもう目の前だ。私は左手にココアのリードを持ちかえ、返信コメントを打ちはじめた。

突然《とつぜん》、ココアが甲高《かんだか》い声《こえ》で吠《ほ》え、リードが強くひかれた。

目の前でなにが起こったのか、私にはよくわからなかった。

気がつくと、急停止《きゅうていし》した白いライトバンから出てきたおじさんが、なにか大声で怒鳴《どな》っていた。そして、ココアが路上に横たわっていた。

スマホに目を落としたまま歩道を横断しようとした私を守るため、ココアが身を挺《てい》して守ってくれたのだと、理解するまでには時間がかかった。


「ねえ、お願いだからココアを病院へ連れて行って」

私は号泣《ごうきゅう》しながらママに懇願《こんがん》した。

でも、ママは静かに首を横に振《ふ》った。そしてママは、淡々《たんたん》と段《だん》ボールの底にココアのお気に入りだった空色のタオルを敷《し》いた。お中元で届《とど》いたラ・フランスが入っていた段ボール——それはココアの棺《ひつぎ》だった。そして、ママは、ココアをそっとそこに横たえた。ココアはもう息をしていなかった。ラ・フランスの棺は、哀《かな》しいくらい甘《あま》い香《かお》りがした。

「ヒロを守って逝《い》ったなら、ココアは本望《ほんもう》だったんじゃないかな」

パパはなぐさめてくれた。でも、そんな言葉は私の後悔《こうかい》と罪悪感をやわらげてくれなかった。

あのとき、私がスマホに気をとられていなければ。しっかりリードを握《にぎ》ってさえいれば、今もココアとの楽しい日々は続いていたはずだったのに。もっとかまってあげればよかった。もっともっと抱《だ》きしめて遊んであげればよかった。

「ただいま」

――誰《だれ》もいない夕刻《ゆうこく》の家に帰っても、部屋の奥《おく》からころげるように駆《か》け寄《よ》ってくるココアの姿《すがた》はもうない。でも、あちこちに彼女の気配《けはい》は残っている。

朝、登校するとき、そして夕方の駅からの帰り道、犬を散歩させている人とよくすれ違《ちが》う。ココアによく似たミニチュアダックスを見かけると、「もしかしたら、ココア?」と、思わず目を凝《こ》らすこともある。

そんな私を見かねて、パパが「新しい仔犬《こいぬ》を飼《か》おうか」と言ってくれたこともあった。けれど、私は「いい」と拒否《きょひ》し続けた。

たとえその仔犬が、あの子と同じココア色のやわらかな毛並《けな》みで、クリクリした愛らしい瞳《ひとみ》をしていて、ちょっとお茶目でやさしい性格だったとしても、ココアの代わりにはならない。壊《こわ》れてしまったからといって、簡単《かんたん》に買《か》い替《か》えができる玩具《がんぐ》ではないのだ。それよりなにより、新しい仔犬を迎《むか》え入れることは、ココアに対する裏切《うらぎ》りのように私は思っていた。

その翌年《よくとし》。私は第一志望だった東京の大学から合格通知を受け取った。進学にともない、家を出て東京で一人暮《ひとりぐ》らしをすることになった。

「引《ひ》っ越《こ》し屋さんが来るの、明日《あした》の9時なんだから。今夜《こんや》中に荷物をまとめておくのよ」

私の上京を口実に、東京に遊びに行こうと目論《もくろ》んでいるママは、とても張り切っている。

段ボールに衣類を詰《つ》め終《お》えた私は、次にお気に入りの本やCDが並《なら》べてあるラックの整理に取りかかった。そこにはココアの写真が立てかけてあった。まだ仔犬の頃のココアと小学生の私が並んで写っているツーショットだ。

「ココアも連れて行くよ」

写真の中のそう声をかけ、私はフォトスタンドに手を伸《の》ばした。けれど指が滑《すべ》って、スタンドはラックの後ろに転げ落ちてしまった。

「もう、ココアったら。私と一緒《いっしょ》に東京へ行きたくないの?」

ラックの後ろなんて、ほとんど掃除《そうじ》もしていない。おそるおそるラックの奥に手を伸ばすと、クシャクシャになった紙のようなものが指先に触《ふ》れた。

「こんなところに、なんだろ?」

引き出してみると、それはホコリをかぶり、薄茶色《うすちゃいろ》に変色した紙片《しへん》だった。私は古ぼけたその紙を広げてみた。ちいさな歯型《はがた》が無数についたレポート用紙。右上がりの乱雑《らんざつ》な文字でなにか書いてある。私の筆跡《ひっせき》ではない。短い文章のあとに差出人《さしだしにん》と思われる名前が——次の瞬間《しゅんかん》、遠い日の苦《にが》い想い出が鮮《あざ》やかに蘇《よみがえ》ってきた。

中学1年生のバレンタイン。私はずっと憧《あこが》れていたバレー部の先輩《せんぱい》にチョコレートを贈《おく》った。想いをつづった手紙を添《そ》えて。3年生の彼はもうすぐ卒業。

「このまま逢《あ》えなくなっちゃってもいいの？」

友人たちに背中《せなか》を押《お》され、思いきって告白したのだ。これはその数日後、先輩から手渡《てわた》された手紙だ。そこには、こう書かれているはずだ。

『今つきあっている人がいるので、ヒロとはつきあえない。ごめん』

つまり、私は失恋《しつれん》したのだ。

そのレポート用紙の手紙を先輩から渡された日。重たい足取りで帰宅した私は、ソファに沈《しず》み込《こ》んだ。私の身に起きた一大事件をなにも知らないココアは、「早くお散歩に連れて行って」と催促《さいそく》するように、膝《ひざ》の上にぴょんと飛び乗ってきた。

「そんな気分じゃない」

私は大きくため息をついた。そして封筒《ふうとう》にも入っていない、折りたたんだだけのあの返信をスクールバッグから取り出した。

今になって思うと、曖昧《あいまい》な態度でにごすのではなく、きっぱり断ってくれた先輩は、誠実《せいじつ》な人だったといってもいい。けれど、初恋に破れたばかりの私には、先輩の「ごめん」という言葉がトゲのように刺《さ》さったままだった。友人たちに肩《かた》を抱《だ》かれ、さんざん泣いてきたはずだったのに、また私の瞳《ひとみ》から涙《なみだ》があふれだした。

ココアが私の涙の理由を理解したのか、それとも、その「紙」のせいで大好きなお散歩が遅《おそ》くなってしまうと思ったのかはわからない。いつになく神妙《しんみょう》な表情でしばらく私を見つめていたココアは、私の頬《ほお》をつたう涙を、ペロペロとなめはじめた。

そして、私の手から手紙を奪《うば》い取《と》り、それをがしがし噛《か》み砕《くだ》きだした。

「やめて」

ココアから手紙を取り戻そうとした私は、ふとその手をとめた。

「そっか。なかったことにしちゃえばいいんだよね」

手紙をぽとりと床《ゆか》に落としたココアは、「そうだよ」と言うように大きく首を縦《たて》に振《ふ》った。

そして、つぶらな瞳で私をまっすぐに見上げた。その瞳は「先輩のことは残念だったけど、ヒロにはきっともっと素敵《すてき》な彼が現れる。元気をだしてね」と言っているように思え、私は思わず泣きながら笑った。

ココアは私に笑顔が戻ったのを見届《みとど》けるとふいに顔を上げ、耳をぴくぴくさせた。そして再び手紙をくわえ、身をひるがえして私の部屋に消えた。

「ただいま」

ママが玄関《げんかん》のドアを開け、帰宅したのはその直後のことだった。私はあわてて涙をふいた。すっかり忘《わす》れてしまっていたけれど。ココアはあのちいさな歯で私のはじめての失恋を必死に噛みくだき、こんなラックの奥に隠《かく》しておいてくれたのだ。

「ありがとう――ココア」

色あせた手紙の破片《はへん》をそっと胸に押し当てると、ふわりと懐《なつ》かしいココアの匂《にお》いがした。

（作　井上香織）

拝《はい》啓《けい》、お母さん

お母さんへ。

手紙を書くのは、久《ひさ》しぶりだね。小学生のころ、母の日に書いて以来かも。「結《けっ》婚《こん》」っていうキッカケがないと、なかなか手紙なんて書かないもんだね。わたしも、あのころより大人《おとな》になったから、少しは賢《かしこ》くなったよ。手紙には、「拝《はい》啓《けい》」って最初につけるんだよね。あれ？もう遅《おそ》いのかな？　まあ、いいや。拝啓、ここからが本題です。

何から話そう。言わなきゃいけないことが多すぎて困《こま》っちゃうな。

ああ、そうだ。幼《よう》稚《ち》園《えん》のとき、お母さんとお父さんと3人で花火大会に出かけて、わたしが迷《まい》子《ご》になったことあったよね。あのとき、本当に心細くて、迷子センターのお姉さんに名前を聞かれても、うまく答えられなくて。もう二度とおうちに帰れないかもって思ったとき、お母さんがわたしを見つけてくれた。ぜったい怒《おこ》られると思ったのに、お母さんもお父さんもわたしをギュウっと抱《だ》き締《し》めてくれて、心の底から安心したのを覚えてる。あのときからずっと、お母さんの手はわたしを助けてくれたね。

熱を出してつらかったとき、おでこに手を置いて、「だいじょうぶ、だいじょうぶ」って言ってくれた。

お母さんのお手伝いをするって、張りきって包丁《ほうちょう》をにぎって、それで指を切っちゃって、たくさん血が出てびっくりして泣いちゃったときも、お母さんがすぐ手当てして頭をなでてくれたら、すぐ痛《いた》くなくなった。

そうそう。お母さんが美咲《みさき》を産んだときも、本当に嬉《うれ》しかった。弟や妹のいる友だちがうらやましくて、ずっと「わたしもほしい！」って言い続けてたんだよね。初めて見る赤ちゃんの美咲、すっごくかわいかった。今は生意気《なまいき》になっちゃったけど。でも、美咲が生まれてきてくれたおかげで、楽しい思い出もいっぱいできたから、それはお母さんのおかげ。

本当に、感謝しています。

それなのに、中学生になって、反抗期《はんこうき》になって、お母さんに迷惑《めいわく》かけてばかりだったよね。毎朝お弁当つくってくれたのに、食べずにそのまま持って帰ったり、友だちと遅い時間まで遊んで連絡《れんらく》もしなかったり、いま考えたらひどいことをいっぱいしたなって思います。迷惑かけて、わがままばかりで、ごめんなさい。

あのころ、お母さんが夜中に泣いてるの知ってました。わたしが中学校に上がる前にお父さんが病気で死んじゃって、お母さん、つらかったよね。悲しかったよね。わたしが支《ささ》えてあげなきゃいけなかったのに、もっと苦しめるようなことばっかりしてたよね。

お母さんの涙《なみだ》を見て、ああ、ひどいことしたな、泣かせるつもりじゃなかったのにって思ったんだけど……お父さんがいないとダメなのかなって、お母さんが悩《なや》んでることも知ってて、そんなことないよってずっと思ってたんだけど……でも、本音を伝えることも謝ることもできなくて……わたし、本当に子どもだった。

ごめんなさい。ちゃんと言えなかったけど、ありがとうって、ずっと思ってたよ。

わたし、お母さんにたくさん心配かけたけど、でも、わたしも同じくらい、お母さんのことが心配です。だって、お母さんはちょっと心配しすぎなとこがあるから。

わたしが結婚して家からいなくなったら、お父さんより先に泣いちゃうんじゃない？　って話したの覚えてる？　ほら、思ったとおりだった。うーん、ちょっと違《ちが》うのかな？　でも、美咲がまだ家にいるから、さみしくないよね。エラそうにしてるけど、まだまだ子どもだから、お母さんがいないと何もできないんだよ、あの子。わたしにそうしてくれたみたいに、叱《しか》ったり褒《ほ》めたりしてあげてね。いい子に育つと思う。少なくとも、わたしよりは。

ねえ、お母さん。わたしは平気だよ。幸せだよ。だから、もう泣かないで。お母さんを支《ささ》えてくれる人が、近くにいるでしょ？　ナオキさん、だっけ。あのひと、すごくいい人だと思います。娘が言うんだから間違いないよ！　お母さんのことも美咲のことも、大事にしてくれると思う。もしも大事にしてくれなかったらわたしが祟《たた》ってやるから、そこは任《まか》せといて。

というのは冗談《じょうだん》だけど、お母さんの2回目の結婚、わたしは心から大賛成です！　自分だけが幸せになっていいのかなんて悩む必要ないから。お母さんの人生は、お母さんのものなんだから。過去にとらわれる必要なんて、ないんだよ。

あの雨の日、ショッピングモールでケンカになったのは、わたしのムシの居所《いどころ》が悪かっただけだから。だから、飛び出してって歩道橋で足すべらせて落っこちたのも、ぜんぶ、わたしの責任なの。お母さんが自分を責《せ》めることない。おじいちゃんも、そう言ってたでしょ？　あれは、運の悪い事故だったんだって。

だけど、お母さんは優《やさ》しいから、いつまでも自分を責め続けちゃう。お母さんのせいだって、自分で自分を追いつめちゃう。そんなお母さん、見てられないよ。だから、こうして手紙を書いてます。

わたしは、お母さんに幸せに暮《く》らしていてほしい。笑っていてほしい。お母さんの幸せのジャマになるのはイヤなの。お母さんがわたしの幸せを願い続けてくれたように、わたしもお母さんの幸せを願ってるから。

苦しい思いさせて、本当にごめんなさい。すぐに元気出してっていうのは難《むずか》しいかもしれないけど、でも、もう泣かないで。子どものころ、「だいじょうぶ、だいじょうぶ」ってお母さんがわたしの頭をなでながら笑ってくれたみたいに、こんどはわたしが、お母さんに同じ言葉を贈《おく》ります。

だいじょうぶだよ、お母さん。

わたしはまたすぐ、お母さんの近くに生まれていくから。


いま考えてるのはね、お母さんとナオキさんの子どもとして生まれていくの！　わたし、もういちど、お母さんの子どもになるんだよ。いいアイデアだと思わない？

あ、でもね、美咲が結婚したら美咲の子どもとして生まれていくのもいいなって思ってるんだ。つまり、わたしはお母さんの孫《まご》になるってこと。お母さんは、どっちがいいと思う？

とにかくね、こんどはずっとお母さんのそばにいる。いままで迷惑かけたぶん、たくさん泣かせちゃったぶん、しっかり親孝行《おやこうこう》するね。……あ、おばあちゃん孝行になるのかな。

だから、それまで少しバイバイするだけ。それだったら、さみしくないでしょ？　でも、お母さんのことだから、きっとこの手紙を読みながら泣いてるよね。泣くのはこれで最後にしてね。それが、わたしの最後のわがまま。お母さんが笑ってくれてるほうが、美咲も、わたしも、きっとナオキさんも嬉しいから。

それじゃあ、もっと話したいことはいっぱいあるんだけど、続きは、こんどそちらで会ったときに言います。それまで、ナオキさんと美咲と、元気でね。笑顔のお母さんと会えるのを、楽しみにしています。

美晴より

（作 橘つばさ）

隣《となり》に住む殺《さつ》人《じん》鬼《き》

ぼくの家の隣《となり》のアパートには、殺《さつ》人《じん》鬼《き》が住んでいる。

幽《ゆう》霊《れい》でも出そうなおんぼろアパートで、ぼくが生まれる前から建《た》っていたというから、築《ちく》数十年といったところだろう。そのボロボロのアパートの2階の端《はし》。そこに、殺人鬼の男は住んでいるんだ。

殺人鬼といっても、指名手配されて逃《に》げているとか、こそこそ隠《かく》れて住んでいるというわけではない。殺人の罪で捕《つか》まって、罪《つみ》を償《つぐな》って出てきたんだと思う。男が警《けい》察《さつ》に連れていかれるのを、10年以上前、ぼくはこの目で見ているから。

見たのはテレビの中でだけど、あのシーンは未《いま》だに目の奥《おく》に焼きついている。ぼくは、3、4歳《さい》だった。たぶん、ニュースの映《えい》像《ぞう》だったんだろう。30代後半くらいの男が2人の警《けい》官《かん》に挟《はさ》まれるようにして歩く様子が、画面に映《うつ》し出されていた。そして、パトカーに乗《の》り込《こ》む直前、男はテレビカメラをものすごい目つきでにらみつけたのだ。物心《ものごころ》もついていなかったぼくは、テレビ越《ご》しの男の視線《しせん》に一瞬《いっしゅん》で動けなくなった。小動物くらいなら失神《しっしん》させられそうな、肌《はだ》がチリチリするような、そんな視線を投げる男は、まさに狂犬《きょうけん》そのものだった。

ぼくは強烈《きょうれつ》に覚えているけれど、あれはもう10年以上も前のことだ。まわりの人たちは誰《だれ》も男のことを覚えていないのだろう。道で男が誰かとすれ違《ちが》うのを何度か見たことがあるけれど、すれ違った相手は男に見向きもしなかった。

男のほうは、いつも顔を少し伏《ふ》せるようにして歩いている。償《つぐな》ったとはいえ罪を犯《おか》した人間は、世間《せけん》から身《み》を隠《かく》すような暮《く》らしを送るしかないんだろう。昼間《ひるま》にブラブラしているところを見ると、ちゃんと仕事に就《つ》いているとも思えない。

学校帰りに公園の前を通りかかったとき、砂場《すなば》の横のベンチに座《すわ》っている男を見たことがある。ああ、今日も仕事はしてないんだな、と思って盗《ぬす》み見《み》ると、男の口元《くちもと》がせわしなく動いていた。さすがに距離《きょり》があったので、男が何を言っているのかは聞こえなかったけれど、その表情はまさに鬼気迫《ききせま》るものだった。目を血走《ちばし》らせて歯をむいて、何かをブツブツ唱《とな》えている様子は不気味《ぶきみ》以外の何ものでもなくて、近づこうとするすべての者を拒絶《きょぜつ》していた。

あのときと同じように、ぼくは、その場から動けなくなった。男の尋常《じんじょう》じゃない迫力《はくりょく》に、気持ちがのまれたと言えばいいんだろうか。とにかく、ぼくは公園の入り口で立《た》ち尽《つ》くして……そこに、ふいに男が視線を向けてきたのだ。

——ゾッとした。それは10年前と何も変わらない、牙《きば》をむいてうなる狂犬の目だった。

その噛《か》みつくような視線を受けたことで、皮肉《ひにく》にも、ぼくの足はようやく動いた。あわてて公園の前から離《はな》れたぼくは、振《ふ》り返《かえ》ることなく家までの道を走った。走る間も、男の暴力的な視線が、ぼくをうしろから追いかけてくるようだった。

あんな目をする男のことを、どうして、世間は忘《わす》れているんだろう。それがぼくには理解できなかった。触《ふ》れた瞬間《しゅんかん》に肌《はだ》が切れてしまいそうなくらい危険《きけん》な感じがするのに。目を合わせたら最後、一瞬《いっしゅん》で石にされてしまうという怪物《かいぶつ》メドゥーサを連想させるくらい、人間離れしているのに。

あの視線には、もう二度と捕《つか》まりたくない……。

ぼくは、なるべく公園の前を通らないでおこうと決めた。男が住んでいるおんぼろアパートは隣だから避《さ》けて通ることはできないけれど、通るときは男が近くにいないかを確かめてから通ることにした。あんなに恐《おそ》ろしげな元犯罪者なんて、関わらないでいられるなら、そのほうがいいに決まってるんだから。

そうやって必死に避《さ》けてきたのに、その日、ぼくは男と出会いそうになった。例の公園を避けて遠回りして帰ろうとしていると、あの男が前方からコンビニの袋《ふくろ》を手に歩いてきたのだ。男は相変わらずうつむきながら歩いていたので、ぼくの存在《そんざい》にはまだ気づいていない。どうしよう、どこへ身を隠《かく》そうかと思ってあたりを見回していると、「あっ!」と誰かが声を上げた。

反射《はんしゃ》で顔を上げたぼくは見た。横を走っている通りに、子猫《こねこ》が一匹《ぴき》、跳《は》ねるようにして飛び出したのだ。そこへ、狙《ねら》いすましたとしか思えないタイミングで車が走ってくる。あ、とぼくが声をもらしたのと、ガシャンと何かが地面に打ちつけられたのとは、ほとんど同時。地面を打ちつけた何かが、あの男の手からビニール袋ごと落ちた缶《かん》ビールだったと気づいたのは、誰かの悲鳴《ひめい》が上がったあとだった。

通りの、ぼくがいるのとは反対の端《はし》に、男が倒《たお》れていた。そのかたわらには茶色い小さな毛玉のようなものも転がっている。もしかして、さっきの子猫か。そう思ったとき、男が動いた。

倒れたままだった男の手が道をまさぐるようにして、やがて上半身がむくりと起き上がる。

「猫は……」

そうつぶやいた男の目が、すぐに茶色い毛玉を見つけて止まった。おずおずと伸《の》ばされた男の手が毛玉に触《ふ》れ、やがて、ためらうように両手ですくい上げる。

「おい……おい……」

抱《だ》き上《あ》げた子猫を男は軽くゆすった。何度も、何度も。

けれど、子猫はただの一度も、顔を上げることも鳴き声を返すこともしなかった。

目の前で小さな命が消えてしまったことを思って、ぼくは息苦しくなった。鼻《はな》の奥《おく》がつんとして、その場にいることがつらくなる。早く帰ってしまおう。そう思って、一歩を踏《ふ》み出《だ》したときだった。

道端《みちばた》に座り込んだまま男が泣いていることに、ぼくは気づいてしまった。

「ごめんな……助けられなくて……」

胸《むね》に抱《だ》いた子猫をなでて謝《あやま》る声は、ふるえていた。ふるえる声にあわせてこぼれる涙《なみだ》が、その死をなぐさめるように子猫の毛並《けな》みに落ちてゆく。

ごめんな、ごめんな、俺《おれ》がもっと早かったらよかったな……ごめんな……。

ひたすら繰《く》り返《かえ》す男は、自分でも何を言っているのか気づいていないかのようだった。

もっと言えば、謝り続けるその言葉に、いつわりはないような気がした。


男が猫を助けようとしたあの日から、男に対するぼくの気持ちは変わった。狂犬のような瞳《ひとみ》は、あのとき確かに小さな命を見つめていたのだ。奪《うば》うためではなく、救うために。そして、それができなかったとき、怒《おこ》るでもなく、しかたがなかったとあきらめるでもなく、男はただ悲しんで涙を流した。それはとても正しい感情だ。

男は確かに、かつて罪を犯したかもしれない。でも、それをきちんと償《つぐな》ったから今ここにいるのだ。それはつまり、もう許された人間だということ。そもそもぼくは、あの男がどうして罪を犯したのかさえ知らない。テレビ画面で見た逮捕《たいほ》時の、獣《けもの》のように恐ろしげな表情が激《はげ》しいほどに印象的で、そのことばかりにとらわれていた。けれど、それが男のすべてではなかったのだろうと今なら思える。

あの男は、どんな人間なんだろう。気づけばそんなことを考えるようになっていたぼくは、雨が降《ふ》ったその日も、バスの窓《まど》に打ちつける雨粒《あまつぶ》をながめながら、正解にたどり着けるはずのないことをあれこれ想像していた。

バスが駅前で停《と》まり、何人かの乗客が降りて、新たな客が乗り込んでくる。人の流れを見るともなく見ていたぼくは、乗り込んできた客の中にあの男を見つけて目をみはった。まさか、ぼくの心臓《しんぞう》の跳《は》ねる音が聞こえたわけではないはずだけれど、空《あ》いている席を探《さが》しながら歩いてきた男はぼくに目を向けて、一瞬だけ足を止めたらしかった。

スマホを触《さわ》っていて気づいていないフリを、ぼくはし続けた。本当は、男に近い右半身に全神経が集中している。男はすぐにぼくから離れて、ななめ右後ろの席に座った。姿《すがた》は見えなくても、右肩《みぎかた》や背中の右のほうだけがチリチリとして落ち着かない。恐怖《きょうふ》とは違《ちが》う緊張感《きんちょうかん》が、いつもよりバスの速度を遅《おそ》くしているように思えて、しかたがなかった。

「次は、しばお第三公園前。しばお第三公園前です」

機械的な女性の声が、最寄《もよ》りのバス停への停車を告げる。ぼくは誰よりも早く降車《こうしゃ》ボタンを押《お》した。しばらくして、停車するなり席を立ったぼくは、急いでバスを降《お》りた。外は雨《あめ》。傘《かさ》はない。そのせいでバスを使ったのだから、当然だ。これだけ勢いよく降っていれば、走っても走らなくても濡《ぬ》れる量は変わらないだろう。それでもやっぱり走ることにして、ぼくが足を自《じ》宅《たく》に向けたときだった。

「おい」

うしろから、声が飛んできた。雨音《あまおと》にも邪魔《じゃま》されない、よく通る声だった。振《ふ》り返《かえ》ると、どこにでもあるビニール傘《がさ》をさした、あの男が立っていた。

「帰る方向、一緒だろ。入っていけよ」

仏頂面《ぶっちょうづら》で言った男が、ぼくに向かって傘を差し出す。40代後半の男からは、触れた瞬間に切れそうな雰囲気《ふんいき》のカケラがこぼれているようで、けれど、猫を助けたあのときの涙も同時にちらつく。ぼくは、いったい今、誰を見ているんだろう。

「ったく、ひどい雨だな。朝はいい天気だったのに、まさかこんなに降るなんて……。天気予報を信じて傘を持って出て、正解だった。降ってくるまでは疑《うたが》ってたけどな」

そう言って男が左隣《ひだりどなり》で、とがった笑《え》みをこぼした。たまに男の右肩がぼくの左肩に触《ふ》れて、ヘンに緊張してしまう。男の笑みが消えたあとは無言だ。耳に届くのが雨音だけなのが居心地《いごこち》悪くて、ぼくは尋《たず》ねてみることにした。

「ぼくのこと、知ってるんですか」

「ん？」

「さっき、『帰る方向、一緒だろ』って」

「ああ。だって、俺の住んでるアパートの隣の家の子だろ？　昔から、人を観察するのがクセでな」

観察。それは標的に定めた相手を、いつ、どうやって殺《ころ》すのがいいのか、見極《みきわ》めるための観察ということだろうか。

「どうした」

「え？」

男に尋ねられて、ぼくは思わず顔を上げた。男と視線が、まっこうからぶつかる。よく考えたら、男の顔をまともに見るのは初めてかもしれない。ぼくのために傘をさしてくれている男の顔に、狂犬は宿《やど》っていなかった。

「あなたが捕まったときのこと、覚えてます、ぼく」

気づけば、バカ正直《しょうじき》にそんな言葉を口にしていた。

「俺が、捕まったとき……？」

「10年ちょっと前に、警察に捕まってパトカーに乗るとこ、テレビのニュースで見たんです。3歳か4歳のときに」

ぼくの言葉を聞いた男は、しばらく記《き》憶《おく》を探るようにしてから、「あぁ……」と小さくつぶやいた。

「テレビ越しだったけど、本当に怖《こわ》かったんです。動けなくなるくらいに。あのときのあなたの顔は、今でも覚えてます」

「そうか……見てたのか……」

ビニール傘にまとわりついた雨《あま》粒《つぶ》を数えるように、男が目を上げる。何を考えているのか、その表情からはわからない。わからないけど、今後この男とこれだけ近づくことはないだろうから、思ったことを言っておこうと決めた。

「あなたは、罪を犯したかもしれないけど……それを、ほかの人たちはまだ許してないかもしれないけど、でも、ちゃんと償《つぐな》ってきたんですよね。だから、ぼくが言うのもおかしいですけど、勇気出して頑《がん》張《ば》ってください。まわりが、どんなこと言ってきても。子猫を助けられなくて泣いてたあなたなら、できると思います」

男が驚《おどろ》いたようにぼくのほうを向いて、目を見開く。何かを言いかけて口を軽く開き、閉《と》じて、また開く。けれど、そこから言葉が出てくることはない。

やがて、閉じていた唇《くちびる》からふっともれたのは、先ほど見せたとがった笑みとは違う、ささやかな微笑《ほほえ》みだった。

「ありがとう」

男の口から出たとは思えないほど優《やさ》しい声色《こわいろ》に、今度はぼくが目を見開く。

「俺はもう、世間からは受け入れられないと思ってた。何をやっても、だめでな。もうあきらめてたんだが……でも、そんなふうに言ってくれる人がいるなら、もう少し頑張れるかもしれない」

気づけば、雨脚《あまあし》は弱《よわ》くなっていた。男がふいに足を止めたと思ったら、そこはぼくの家の前だ。

「ありがとう」

もう一度そう言って、まるで、つきものが落ちたように男が笑う。傘のかげに見えるその笑顔は本当に晴れやかで、おんぼろアパートの階段《かいだん》を上《のぼ》っていった背中も、以前よりずっとまっすぐ伸《の》びていた。

その日を境《さかい》に、男がスーツを着て出かける姿を、ぼくは頻繁《ひんぱん》に見るようになった。就職《しゅうしょく》活動というやつをしているのかもしれない。いつだったか、登校時間に家の前で出会ったことがあって、「頑張ってください」と言ったらガッツポーズを返された。

本当に頑張っているみたいだった。


それからさらに月日が経って、季節も変わった。

学校は試験期間に入り、ぼくは家で気休《きやす》めのテスト勉強をしていた。数学が終わったところで少し休憩《きゅうけい》しようとリビングへ行くと、母さんが父さんのワイシャツにアイロンをかけながらドラマを見ていた。確か、若手《わかて》の人気俳優《はいゆう》が新人医師の役で出ている医療《いりょう》ドラマだ。目当ての俳優が画面に登場するたび、アイロンをかける母さんの手が止まりそうになっている。そんなにカッコいいかなあ、と細くした目をテレビに向けて、けれど次の瞬間《しゅんかん》には、その目をぼくはいっぱいまで見開いていた。

何を言ったのか、自分ではわからなかった。ただ母さんに「ちょっと、いいところなんだからヘンな声出さないでよ」と、迷惑《めいわく》そうに言われたのは確かだ。それでもぼくの頭には、母さんの言葉よりも、今まさにテレビ画面で見たもののほうが圧倒的《あっとうてき》に強く残っていた。

それから数日後。母さんにおつかいを頼まれて出かけたスーパーで、ぼくはあの男とばったり出会った。偶然《ぐうぜん》、というほどのことでは、きっとない。だって家が隣なんだから、同じスーパーを使っていて当然だ。ただ、このタイミングで出会ったことは、ぼくにとって大きな意味をもつ。

「ねえ。なんでこないだ、患者《かんじゃ》なんてやってたの？」

頭で考えていたことばかりが先走ってそう尋《たず》ねたぼくを、男はパチパチと目を瞬《まばた》かせて見つめた。それから、あのささやかな笑みを浮《う》かべて、「時間あるか？」と聞いてきたのだった。

スーパーの前にある自動販売機《はんばいき》で、男はジュースを買ってくれた。自分は砂糖《さとう》入りのコーヒーを買い、古びたベンチに腰《こし》をかけてプルタブを開《あ》ける。男が空《あ》けてくれていたスペースにぼくも座って、ジュースを口に運んだ。

「ドラマ、見たの？」

飲んでいたところに尋《たず》ねられて声が出せなかったので、ひとまず缶《かん》を口から離して首だけ縦《たて》に振《ふ》る。

そう。あの夜、母さんが見ていたドラマを横からのぞいて、ぼくはせっかく暗記した数学の公式を忘《わす》れるんじゃないかと思うくらいに驚《おどろ》いた。画面には、あの男――今は同じベンチに座っているこの男が、映《うつ》っていたのだ。バイク事故《じこ》にあって緊急搬送《きんきゅうはんそう》された患者《かんじゃ》という役《やく》どころだった。包帯《ほうたい》でぐるぐる巻《ま》きにされていたけど、すぐにわかった。同じ目を――同じ目が子猫を見つめるところを、前に見たことがあったから。

甘《あま》いコーヒーをまた口に含《ふく》んで、男が息を吐《は》く。「隠《かく》してたわけじゃないんだけどな」と笑う男の目の上で、きりっとした眉《まゆ》が左右対称《たいしょう》の八の字になった。

「きみ、前に言ってただろ。俺が逮捕されたのを覚えてるって。テレビで見てから、忘《わす》れられないって。それはな、10年以上前に放送された刑事《けいじ》ドラマなんだ。俺がやってたのは、あのドラマの犯人役。それでちょっとだけ注目されたが、最近じゃあ、ほとんどドラマの仕事はなくなってた。もうすぐ50だし、きっと才能がなかったんだ、役者はもうやめよう。ここ何ヵ月かずっとそう思ってた。でも――」

男の目が、ぼくを見つめる。それは狂犬の瞳《ひとみ》とも、猫を救えずに泣いた優しい瞳とも違う。強いて言うなら、小さくて、でも少しのことでは消えない炎《ほのお》を宿《やど》した瞳だった。

「――でも、きみは言ってくれた。あのときの俺を今でも覚えてる。テレビの前から動けなくなるくらい怖《こわ》かった、って。俺は、それだけきみの記憶《きおく》に残ることができたんだ。そう思ったら、もう一度、今からでも頑張《がんば》れるんじゃないかって思えたよ。いや、頑張ってみようって」

そう言って男が缶《かん》コーヒーをあおる。からっぽになった缶をゴミ箱に捨《す》てて、男は大きく伸びをした。真《ま》っ青《さお》な空をつかもうとするかのように、大きな大きな伸びだった。

「ありがとう。再挑戦《さいちょうせん》する勇気をくれたのは、きみだ。じつは、今日もこのあと新しいドラマのオーディションがあってね。支度《したく》があるから、そろそろ帰るよ。それ、ゆっくり飲んでいきな」

ぼくの手の中にあるジュースを指さした男はそれだけ言い残して、きびきびとした足取りで去っていった。

残されたぼくは、男がさっきつかもうとしていた空を一人《ひとり》で仰《あお》いでみる。空はつかまれることを待っているのか、今にもこちらに落ちてきそうなほど大きくて近い。

「ドラマ、見ないと」

それから名前も。次に会ったとき、ちゃんと名前を聞こうとぼくは思った。


（作　桃戸ハル・橘つばさ）

あと一歩

小学校から走って5分くらいのところに、その神社はある。由緒《ゆいしょ》正しい神社らしくて、境内《けいだい》は広く、正月にもなれば初詣《はつもうで》の人で行列ができるほどだ。でも今はまだ夏で、由緒とか初詣なんてことは、僕《ぼく》たちには関係ない。

神社の裏手側《うらてがわ》には石垣《いしがき》がある。高さ3メートルほどの石垣だ。70度くらいの傾斜《けいしゃ》があるけど、ところどころに手や足をかけられるデコボコがあって、人によっては、なんとか登ることもできる。

その石垣を見上げる場所が、僕らの最近の集合場所だ。そこは神社の駐車場《ちゅうしゃじょう》になっていて、あまり車の出入りはない。遊び場としては絶好《ぜっこう》の場所なのだ。

今日《きょう》も放課後、いつも遊んでいるメンバー5人が集合した。リーダー格《かく》のタケルが、僕ら4人を見回して言った。

「よし。今日こそは、全員成功させるぞ」

僕以外の3人が「おーっ」と声をそろえた。一人うつむいている僕を見て、タケルが肩《かた》をすくめる。

「おい、聞いてるのか、ハルト。お前だぜ？　オレはお前に言っているんだ。お前さえできるようになれば、みんなシレンをクリアするんだからよ」

「……わかってるよ」

僕は居心地《いごこち》が悪くてしょんぼりする。

「シレン」というのは、この石垣を登ることだ。漢字で書いたら「試練」である。

この高さ3メートル弱の石垣を、助走《じょそう》をつけて一気にかけあがる。これが、最近タケルが見つけた「シレン」というゲームだ。そしてさっきのタケルの言葉の通り5人の中で僕だけが、まだ一人で登り切ることができないでいる。

理由はいくつかある。僕が小学4年生にしてはちょっと体が小さいということや、そもそも運動が苦手《にがて》だということもあげられるだろう。でも最大の理由は、「こんなことができたからってどうだってんだ」と思っていることなんだけれど、でもタケルの言うことは絶対で、「あきらめるなら、明日から仲間はずれだ」なんて言ってくる。

だから、僕はいやいやながらも、こうして毎日逃《に》げないでここにやってきている。

「ほら、じゃあ、一人ずついこうぜ。まずはオレからな！」

タケルはそう言うと、石垣から5メートルほど離《はな》れ、何度かヒザを屈伸《くっしん》した後、一気に駆《か》け出《だ》した。すぐに最高速度に達し、石垣を足《あし》の裏《うら》で踏《ふ》みつけたら、上のほうへ向かってダンダンダンッと大またでリズムよく駆け上がる。そして手を伸《の》ばしててっぺんをつかみ、全身を使って登り切った。

サルみたいに軽《かろ》やかな動きで、全身がバネみたいに見えた。

石垣の上から、タケルが見下ろして言う。

「よし、みんな続け！」

そうは言っても、いったいどうやったらあんな動きができるのか、僕には全然想像ができない。

でも、他《ほか》の3人はそんな不安もないようで、

「よしきた！」

「次はオレだからな！」

「オレもいくぜ！」

と、それぞれ順番に助走をつけると、タケルと同じような動きで見事に石垣を登り切ってしまった。

そうして結局、いつもと同じになる。僕だけが石垣の下に取り残され、石垣の上の4人に見下ろされるのだ。

「ハルト、男なら登ってきてみろよ」

「何を怖《こわ》がってんだよ」

「なさけねえぞ、気合い入れろよ」

みんなから、悪口なのかはげましなのかわからないような言葉が投げかけられる。僕は耳をふさいで、みんなと同じくらいの助走距離《じょそうきょり》をとると、思いっきり駆け出す。

遅《おそ》いなりに全力で、1歩、2歩……10歩目で足は石垣に着く。そしたら今度は、勢いを殺さないで身体《からだ》を上に向ける。地面を走っているときと同じように、ダン、ダンっと踏《ふ》み込《こ》み、身体を前方に推《お》し進《すす》める。そして、石垣の頂上《ちょうじょう》に手を伸ばす。けれど……。

僕の手は、石垣の頂上まであと10数センチのところで空《くう》を切り、そして足は勢いをなくした。身体は石垣の中《なか》ほどでいったん停止し、すぐに後ろ向きに足が出る。1歩、2歩、と後退し、ものすごい速さで地面までたどり着くと、勢《いきお》いあまってその場に尻《しり》もちをついた。

てっぺんから見下ろすタケルが、怒《おこ》ったように言った。

「なんで、あとちょっとであきらめるんだよ！　だっせーな！　もう1回だハルト！　根性《こんじょう》を見せろ！」

でも、これもいつものことなんだけど、結局、何度やっても似《に》たような結果に終わるのだ。

そのうち他《ほか》の3人はだんだん飽《あ》きてくる。

「あーあ、やっぱりハルトには無理か」

「しょうがねえよ、ハルトだもん」

「お前、オレたちと一緒《いっしょ》に遊んでて楽しいの？」

そんな言葉をめいめい残し、神社の境内《けいだい》のほうに向かって走って行ってしまった。たぶん、向こうの空《あ》き地《ち》でサッカーを始めるのだ。

でもその日は、タケルが珍《めずら》しくそこに残り、僕に向けてこう言った。

「ハルト、お前それでも男かよ？　たまには根性みせろよ。登れないんなら、もう遊ばねえからな？」

意地の悪そうな顔だった。それで僕はつい、こう答えてしまった。

「いいよ別に、遊べなくても」

するとタケルは、ため息をついた。

「そうか、悪かったな。じゃあもういいよ」

そして、ぷいっと振《ふ》り返《かえ》ると、他の３人のほうに向かって行ってしまった。

僕は一人、石垣の下に取り残された。いつもなら、なんだかんだ悪態《あくたい》をつきながらもタケルは、「しょうがねえからハルトは階段《かいだん》から上ってこいよ」と誘《さそ》ってくれるのに、今日は言われなかった。僕が「もう遊べなくてもいい」と言ったからだ。

次の日から、本当にタケルは僕を誘《さそ》わなくなった。

最初のころはせいせいしていた。だって、もうあの変な「シレン」をやらされなくて済《す》むんだから。

けれど、日に日に寂《さび》しくなってきた。ずっとタケルたちと遊んでいたからか、彼《かれ》らのいない日々は、何かが欠けているような感じがした。

何日か後、僕はタケルたちに謝《あやま》ろうと思って、放課後にあの石垣の下に一人で行ってみた。でも、そこにはもうタケルたちはいなかった。きっと彼らの中で、「シレン」のブームは去ってしまい、あきてしまったのだろう。

もう彼らがどこで何をして遊んでいるのかわからなくなってしまった。反対側から神社の境《けい》内《だい》にまわってみたけれど、彼らがサッカーをしている姿《すがた》を見つけることはできなかった。どこか違《ちが》うところに行ってしまったのだ。

僕はとても後《こう》悔《かい》した。

あのとき、つい、「いいよ別に、遊べなくても」と言ってしまったから、タケルは僕を嫌《きら》いになったのだ。

僕が悪かったのだろうか。

わからなかったけれど、でも、タケルたちがもういないことはとても寂《さび》しかった。

タケルがもうすぐ転校すると聞いたのは、その直後のことだった。

先生が突然《とつぜん》そう発表した。来月には、親の仕事の都合《つごう》で県外に引《ひ》っ越《こ》してしまうというのだ。タケルと一緒に遊んでいた連中は事前に聞かされていたようだけど、僕はまったくの初耳《はつみみ》だったため、ビックリし、動揺《どうよう》した。

僕は、「このままタケルとお別れするのは、きっとよくないことだ」と思い、その日、ある決意をした。

タケルが転校してしまう前に、あの石垣を登り切ってやる。

その日以降《いこう》、僕は毎日放課後に一人であの石垣の場所へ行き、一人で何度も挑戦《ちょうせん》した。何度も、助走をつけて、駆《か》け上《あ》がって、てっぺんへ……。何度も、何度も。でも、相変《あいか》わらずあと一歩が届かない。

尻《しり》もちをたくさんつき、ヒジやヒザを何箇所《なんかしょ》もすりむき、親にまで心配された。でも、まだ成功していないから、やめるわけにはいかない。そう思って、毎日、毎日挑戦した。前はあれほど嫌《いや》だったのに、自分でやると決めてからは、不思議と「嫌だ」という気持ちはなくなっていた。

でも、ぜんぜん成功しないまま、タケルの転校は目前に迫《せま》っていた。

僕は、その日も相変わらず挑戦し続け、相変わらずあと一歩が届かなかった。気づけばあたりは暗くなり始めている。夏はいつの間にか終わって、秋が始まっているのだ。それでも僕は「シレン」に挑《いど》み続《つづ》けた。

そして、何度目の挑戦だろう。50回はとっくに越《こ》していたと思う。とにかく、今度こそ、次こそ、と強く願って走り出して、石垣を踏《ふ》みつけ、駆け上がり、またもあと一歩届かなくて宙《ちゅう》に手を伸ばしたとき、その手を誰《だれ》かにつかまれた。

一瞬《いっしゅん》、何が起きたか分からなかった。

けれど、暗闇《くらやみ》の中にタケルの顔が見えて、僕は理解した。

石垣の上にいたタケルが、僕の手をつかんでくれたのだ。そのままタケルは力を込《こ》めて僕を上に引っ張り上げてくれた。

石垣のてっぺんにあがり、僕はヒザをついて大きく息をはいた。心臓がバクバク鳴っている。

ふり向けば、見たことのない景色が見える。

「やったな、ハルト」

タケルの声がした。タケルの力を借りたけど、僕はとうとう、石垣の下から上に登ったのだ。

「どうしてタケルがここに？」

僕がタケルにたずねたとき、ヒュルヒュルと甲高《かんだか》い音が暗闇《くらやみ》を切《き》り裂《さ》き、ドーンというバカでかい音とともに夜空に大きな花が咲《さ》いた。

タケルがあきれたように言った。

「今日は花火大会だろ」

すっかり忘《わす》れていたが、今日は町の花火大会の日だった。「シレン」に夢中《むちゅう》で気づかなかったけど、まわりを見れば見物客が何組かいる。みんな、石垣の上から花火を見上げている。

「ハルトもここで見ろよ。特等席だぞ」

知らなかった。

この町にも最近、高層《こうそう》ビルが建つようになって、花火をきれいに見られる場所は大勢の見物客で混雑《こんざつ》するようになってしまった。でも、この石垣の上からならば、花火が夜空に開くのが何かにさえぎられることなくきれいに見える。そのうえ、見物客も多くはない。見物客の中には、あのとき「シレン」をクリアした3人もいた。みんな、僕を見て驚《おどろ》いた顔をしている。

「ハルトもついに登り切ったか」

「タケルの手を借りてギリギリだったけどね」

「でもよくやった。一緒に見ようぜ」

僕は、どうしてタケルが「シレン」と称《しょう》して僕に無理強《むりじ》いしたり、わざと挑発《ちょうはつ》するようなことを言ったのかを、ようやく理解した。

「これを見せたかったの？」

「あったり前だろ？　石垣を登れば最前列に来られるからな。意地悪《いじわる》しているとでも思ってたのか？」

聞けば、タケルたち4人は僕が挑戦しているのを見かけて、少し離れたところから先に駆《か》け上《あ》がり、上から様子を見守っていたのだという。辺《あた》りが暗くなっていたので、僕はそのことに気づかなかったのだ。

僕は言う。

「タケルが転校する前に登り切れてよかったよ」

「ああ。オレも、転校する前にハルトの成功を見られてよかった」

「タケルに助けてもらったけれどね」

「ハルトがあきらめなかった結果だよ」

その日、最前列で見た花火は、今まで見たどんな花火より大きくキレイで、僕はこの光景をずっと忘《わす》れないだろうと思った。


それから1年が経ち、また花火大会の夜がやって来た。タケルは転校してしまったけれど、僕は今年も同じように最前列で花火を待っている。もう誰の力も借りずに登り切れるようになっていた。

石垣の上から下をのぞくと、下級生が駆《か》け上《あ》がろうと何度も何度も挑戦している。名前も知らないけれど、その子はさっきからずっと、もう何十回も駆け上がり、そしてあと一歩のところで失敗している。どうしようか迷《まよ》ったけれど、何度目かの失敗のとき、その子の口から小さく「負けるもんか」って聞こえた。

それで僕は、次にその子があと一歩のところまで登ってきたとき、その手をつかんで引っ張り上げてやった。

下級生はぜいぜいと息を切らしながら、僕に言う。

「ありがとう。でも、どうして助けてくれたの……？」

僕は答える。

「助けたわけじゃない。きみがあきらめなかった結果だよ」


（作　高木敦史）

葉桜《はざくら》と魔笛《まてき》

これは、今から三十年以上前、私が、父と妹と三人で暮《く》らしていたときの話です。そのとき、母はすでに亡《な》くなっていました。そして妹も、当時の医学《いがく》では治《なお》すことのできない、重い病気にかかっていました。

父は、いわゆる仕事人間で、口数《くちかず》も少ない不器用《ぶきよう》な人でした。私や妹に対して、やさしい言葉《ことば》をかけてくれるわけでも、面倒《めんどう》を見てくれるわけでもありません。お手伝いさんを雇《やと》えるほど裕福《ゆうふく》な家庭ではありませんでしたから、家事と妹の身《み》の回りの世話は、ほとんど私がしておりました。

私は年頃《としごろ》でしたが、家と妹のことで忙《いそが》しく、自分のことにほとんど手が回りませんでした。ましてや恋愛《れんあい》など、それまで一度もしたことがありません。それを不満《ふまん》に思ってはいけない、と自分を戒《いまし》めてもいました。なぜなら妹は、男の人と知り合う機会すらない。その妹の境遇《きょうぐう》を考えるなら、私が恋愛をするわけにはいかないのだと思っていたのです。

それがある日、私は見つけてしまったのです。

妹のタンスに隠《かく》されていた、三十通もの手紙を。

悪いとは思いましたが、なんだか胸騒《むなさわ》ぎがして、私はそのうちの一通を読みました。予想通り、それは男性《だんせい》からの熱烈《ねつれつ》なラブレターでした。

封筒《ふうとう》の差出人《さしだしにん》は一人《ひとり》ひとり違《ちが》っていました。でもそれは、すべて妹の知り合いの名前でした。おそらく妹は、私や父にばれないように、男性と口裏《くちうら》を合わせて偽名《ぎめい》を使わせていたのでしょう。

私は無性《むしょう》に悔《くや》しくなりました。妹を不憫《ふびん》に思うからこそ、私もいろいろ我慢《がまん》していたのです。それなのに、それなのに妹は、私に隠《かく》れて、こんな……。

そこへ、偶然《ぐうぜん》にも郵便屋《ゆうびんや》がやってきて、新たな一通を家のポストに入れていきました。筆跡《ひっせき》で、同じ男性だと分かりました。

私はその一通を懐《ふところ》に入れ、手紙の束《たば》を、消印《けしいん》の古い順番に読み進めました。今まで、この境遇《きょうぐう》に耐《た》えてきた私の、当然の権利《けんり》だと思っていたのです。

ところが読み進むにつれて、私の気持ちはどんどん変化していきました。手紙の内容の雲行《くもゆ》きが、少しずつ怪《あや》しくなっていったからです。

初めは、男性から妹への思いが、赤裸々《せきらら》につづられていました。その文面には、読んでいるこちらが恥《は》ずかしくなるほどに、愛があふれていました。

その愛が、最近のものになるにしたがってしぼんでいくのです。男性の気持ちがどんどん離《はな》れていく様子《ようす》が、その文面から手に取るようにわかりました。

私は懐《ふところ》から、先ほど届いたばかりの一通を取り出しました。そこにはこんなことが書かれていました。

「僕《ぼく》には、君を愛する資格《しかく》などない。別《わか》れてください」

読み終えた瞬間《しゅんかん》、私は反射的《はんしゃてき》に、その手紙を破《やぶ》り捨《す》てていました。

こんなものを読ませるわけにはいかない。妹は、もう長く生きられない身です。神様に見捨《みす》てられてしまった身なのです。

その妹が、なんで男性からも見捨てられなければならないのでしょうか。妹がかわいそうでなりませんでした。さっきまでの嫉妬《しっと》や怒《いか》りは、もうどこかへ消えていきました。私の心は今や、妹への同情でいっぱいになっていました。

どうすれば、妹の心を慰《なぐさ》められるか。文面から、手紙の差出人である男性と妹は、文通だけの関係であることがわかりました。そこで私は、一計を案《あん》じたのです。

その晩《ばん》のこと。服を着替《きが》えさせようと妹の部屋を訪《おとず》れた私に、妹は言いました。

「姉さん、さっき枕元《まくらもと》に届《とど》けていただいた手紙なんだけど……」

「うん」

「なんだか、私にはよくわからないの。ちょっと読んでもらいたいの」

私は、妹が急に憎《にく》たらしく思えました。その文面は、最初の手紙と同じような、熱烈《ねつれつ》なラブレターです。なぜ知っているかと言えば、私が書いたものだからです。

筆跡《ひっせき》は、完璧《かんぺき》に似《に》せてありました。妹は、男からの手紙だと信じ切っているはずです。なのに私に読ませようとする。きっと、男からのラブレターを自慢《じまん》するためです。

人の気も知らないで。でも、そんなことは口が裂《さ》けても言えません。

「読んでいいのね」

私は何食わぬ顔で、自分が書いた手紙を読み始めました。

「しばらく手紙を出さずにいてごめんなさい。実は、自分の無能《むのう》さや無力さをずっと悩《なや》んでいたのです。あなたをこんなに愛しているというのに、僕はあなたに何もしてあげられない。それが苦しくて、つらくて、あなたと別れようとさえ思《おも》い詰《つ》めていたのです」

ここまでは最後の一通の書き出しと同じ文面でした。そしてここからが、私が妹のために書いた、私の創作《そうさく》です。

「でも、それが間違《まちが》いだと気づきました。完璧《かんぺき》な人間なんていない。無力な僕でも、できることがあるのだと、思い直しました。僕はもう逃《に》げません。僕はあなたを愛しています。これからも手紙を送ります」

ここで終わらせてもよかったのだけれど、私はもう一文、書き添《そ》えました。

「それから、毎日、お庭《にわ》の外で口笛《くちぶえ》を吹《ふ》いてお聞かせしましょう」

口笛は、私が自分で吹こうと考えていました。吹ける曲がいくつかありました。母が亡《な》くなる前、母のかわりに私たち姉妹をあやそうとして、父が吹いてくれていたのです。

「僕は、あなたをずっと愛し続けます。永遠の愛をこめて　M・Tより」

最後の一文は、妹に来た最初の手紙から拝借《はいしゃく》しました。信《しん》ぴょう性《せい》をもたせるためです。

読み終えてから、私は妹に尋《たず》ねました。

「知らなかったわ。あなた、おつき合いしている方がいたのね。でも、この手紙のどこがわからないの？」

すると妹は言いました。

「姉《ねえ》さん、この手紙、姉さんが書いたんでしょ」

私は絶句《ぜっく》しました。しばらくの沈黙《ちんもく》がありました。廊下《ろうか》のきしむ音が聞こえたような気がしましたが、それもあるいは家全体に、私の緊張《きんちょう》が伝わったせいかもしれないと思いました。

やがて妹は言いました。

「私、知っている。タンスの手紙も読んだのね」

あまりの恥《は》ずかしさに、何も言葉が出てきません。なぜ妹にばれたのでしょう。手紙はきちんと元通《もとどお》りに戻《もど》したし、筆跡もまったく同じに書けた自信があったのに。

何も言えずとまどっていると、妹は意外なことを言いました。

「ありがとう、姉さん。実は、私も姉さんに黙《だま》っていたことがあるのよ」

黙《だま》っていたこと？

「あの私宛《わたしあて》の手紙はね、ぜんぶ、私が自分で書いたものなの」

妹は言いました。自分には青春がなかった。青春を謳歌《おうか》したかった。文通でいいから、恋愛もしてみたかった。だから自分で男になりすまし、自分にラブレターを書いたのだと。

「でも、こんなの馬鹿《ばか》げていたって、今になって思うの。どうせ死んでしまうのだから、私、もっと自由に生きればよかった。がまんして、おかげで姉さんまで看病《かんびょう》に巻《ま》き込《こ》んで、がまんさせてしまって。私、馬鹿だった。ごめんね、姉さん。ごめんなさい……」

妹の瞳《ひとみ》から、涙《なみだ》がこぼれていました。

「もういいの、もういいのよ」

私は妹をしっかりと抱《だ》きしめました。妹の感じている悲しみや、死んでしまうことへの恐怖《きょうふ》や、嘘《うそ》がばれた恥《は》ずかしさ、それらがいっぺんに、私の胸《むね》にもあふれました。

私は妹のやせた頰《ほお》にぴったりと自分の頰を重ねて、ただ涙が出るのに任《まか》せていました。

その時、意外なことが起こりました。どこからか低く、かすかに、口笛が聞こえてきたのです。手紙の男性の口笛でしょうか？　私たちはどうかしてしまったのでしょうか？

いいえ、違いいます。口笛の音色《ねいろ》は、私たちにとってとても懐《なつ》かしいものでした。おそらく口笛の主《ぬし》は、きっと私と妹の会話を、部屋の前で聞いたのでしょう。

廊下《ろうか》がきしんだのも、きっとその人のせい。私たち姉妹にとっての平和な辻褄《つじつま》を合わせるために、口笛の主は急いで庭に出て、口笛を吹きはじめたに違いありません。

妹が目に涙を浮《う》かべながら、私に微笑《ほほえ》みかけました。私も涙ぐみながら、微笑み返しました。

そんな私たち二人《ふたり》を、父の口笛が、あたたかく、やさしく包《つつ》み込《こ》んでいました。


（原作　太宰治、翻案　吉田順）

思い出の絵

待ち合わせ場所に指定した路地裏《ろじうら》へ姿《すがた》を現《あらわ》したのは、わざとらしいくらいの変装《へんそう》で素顔《すがお》を隠《かく》した人物だった。足首まであるトレンチコートに、深い帽子《ぼうし》。マフラーで口元をおおい、目は色の濃《こ》いサングラスの奥《おく》に隠されている。手袋《てぶくろ》までしているので、肌《はだ》がまるで見えない。俺《おれ》の目からは、男か女かさえわからなかった。

「Z《ゼット》というのは、おまえか」

変装したその人物が声をかけてきた。俺は目を細めた。なるほど、声から察《さっ》するに、相手が男であることは間違《まちが》いなさそうだ。

「その名は口にするな」

取引をするときは、常《つね》に人気《ひとけ》のない場所を選んでいる。しかし、その名が世間を騒《さわ》がせていることを自覚している俺は、用心に用心を重ねて、小さな声で変装した男に言った。

怪盗《かいとう》Z。標的に定めたものは必ず、どこにあっても盗《ぬす》みだす。それが俺の今の名であり、仕事であり、誇《ほこ》りだ。

「事前に話したとおり、頼《たの》みたい仕事がある」

マフラーを押《お》さえながら、相手はそう言った。変装のつもりなのかもしれないが、全然なっていない。俺がため息をついたことに男は気づかなかったのか、こもった声で話を続けた。

「金は払《はら》う。前金で1千万……依頼《いらい》が果たされたら成功報酬《ほうしゅう》として、さらに2千万出そう。私の名前は、明かす必要ないだろう？」

「俺は、金では動かない」

今度ははっきり相手にも聞こえるようにため息をついて、俺は答えた。俺にとって、盗みは自分の美学に基《もと》づいた行為《こうい》だ。人に頼まれてやる仕事に、満足のいく美学が見出せるとは思えなかった。「依頼」と言って大金をちらつかせ、自分勝手を押《お》しつけてくる人間も美しくない。

「俺がやるのは盗みだけだ。それも、スマートで美しくなければ意味がない。破壊行為《はかいこうい》や殺人なら、そのへんのゴロツキにでも頼むんだな」

「まあ待て。まずは話を聞いてくれ」

さっさと立ち去ろうとした俺を、依頼人《いらいにん》は落ち着いた口調《くちょう》で呼《よ》び止《と》めた。

「私が依頼したい仕事は、きみの専門《せんもん》分野だと思うんだがね」

妙《みょう》に自信に満ちた口調が気にかかる。マフラーにおおわれていても、その口元が笑《え》みの形に釣《つ》り上《あ》がっていることが、ありありとわかる声だった。

「仕事の内容は、シンプルだ。とある美術館から、１枚《まい》の絵を盗みだしてほしい」

依頼人は、かけ慣《な》れないであろうサングラスを押さえながら、やや早口で語り始めた。


その絵は、もともと私の家族のものだった。応接室にある、暖炉《だんろ》の上に飾《かざ》られていてね。とても暖《あたた》かみのある菜《な》の花畑《はなばたけ》の絵で、両親も私も、私の兄弟たちも、その絵が大好きだったよ。

まさに、私たち一家の幸福を象徴《しょうちょう》する絵だったんだ。

だが、その幸福はある日、突然《とつぜん》に失われた。父が、親友だと信じていた会社の共同経営者に裏切《うらぎ》られたんだ。金をそっくり持ち逃げされ、残ったのは借金ばかり……。私たちの家は差し押《お》さえられることになり、当然、その絵も一緒《いっしょ》に持っていかれてしまった。幸福の象徴だった絵をなくした私たち一家は、一気に不幸のどん底さ。

借金を返せるアテもなく、親友に裏切られて絶望した父は、無理心中をはかった。そして、幸か不幸か、その場から私だけが生き残ってしまったんだ……。生《い》き地獄《じごく》とは、まさにあれを言うんだよ。そのあと私は、遠い遠い親戚《しんせき》の家に預《あず》けられて育った。他人の家族のなかに暮《く》らす孤独《こどく》、疎外感《そがいかん》。そして、その家族からのイジメは、今でも思い出すと吐《は》き気《け》がしてくる。

それが、つい最近、あの絵がとある美術館に収蔵《しゅうぞう》されていることを知ったんだ。私はいてもたってもいられなくなり、噂《うわさ》の美術館を客として訪れた。すると、本当にあの絵が……私たちが幸福だった時を物語るあの絵が、飾られていたんだ。

「……なるほどな」

俺が思わずつぶやくと、依頼人は手袋におおわれた手で帽子を押さえた。隠された目元には何かにじむものがあるのかもしれなかった。

「あの絵は、私の家族の大切な思い出の品なんだ。今となっては会うことのできない家族を、唯一《ゆいいつ》、身近《みぢか》に感じることのできるものなんだ。だから、どうしても取《と》り戻《もど》したい。――引き受けてはくれないか」

俺はため息をついた。センチメンタルになった自分を笑ったつもりだった。

「どうやら、おまえにも美学があるらしい。いいだろう。手を貸《か》してやる」

俺がそう言うと、依頼人は一瞬だけ頭を下げた。マフラーの隙間《すきま》から、安堵《あんど》が白い息となってもれた。それから気を取り直したようにアゴを上げる。

「私のほうでも、客を装《よそお》っていろいろ調べてみたんだ。閉館《へいかん》後、展示室《てんじしつ》やバックヤードに入る権限《けんげん》は館長しかもっていない。閉館後に、館長に変装して侵入《しんにゅう》するのがいいだろう。変装は、きみの得意技《とくいわざ》だよな?」

試すような視線《しせん》がサングラスの奥から注がれているような気がして、俺は、あえてそれを受けた。否定《ひてい》も肯定《こうてい》もしなかったが、依頼人は納得《なっとく》したらしく続ける。

「私が調べたところによると、どうやら館長は1週間後、出張で丸1日、美術館を離《はな》れるらしい。そのときに私が館長を拉致《らち》する。そこで、きみの出番だ。すかさず館長に変装し、『出張の予定がキャンセルになった』と美術館に戻って適当に時間をつぶし、タイミングを見計らって計画を実行してほしい」

悪くない、と俺は思った。「いいだろう」と答えると、依頼人は満足げにうなずき、足もとに置いてあったアタッシェケースを持ち上げる。差し出されたそれを受け取るなり、前金の重さを感じた。これは、絵に対する依頼人の執念《しゅうねん》の重さなのだろう。

俺は、依頼人から渡《わた》された美術館内の見取り図を頭に叩《たた》き込《こ》み、写真に写る館長そっくりに変装して待った。事前に美術館にニセの電話をかけて、館長の声色《こわいろ》も完全に真似《まね》てある。そこに電話が鳴った。ーコール目が終わる前に、電話に出る。待っていた連絡《れんらく》だった。

館長になりすました俺は、美術館に真正面《ましょうめん》から入り込んだ。おや、という顔をする警備員《けいびいん》に「先方の都合で出張が急に延期《えんき》になってね。参《まい》ったよ……」と眉尻《まゆじり》を下げてみせると、同情的な微笑《びしょう》が向けられる。まったく、赤子《あかご》の手をひねるよりも簡単だ。

頭に入れた見取り図を頼りに館内を、さも慣れたふうを装《よそお》って歩き、目当ての絵を探《さが》す。客や監視《かんし》カメラには、出張が中止になった館長が、手持ち無沙汰《ぶさた》に館内をうろついているように見えただろう。

やがて、目当ての絵が見つかった。依頼人が「菜の花畑」と言っていたその絵は、黄金色に輝《かがや》く花の海原《うなばら》に白い家がぽかりと浮《う》かぶ、ひだまりの香《かお》りが漂《ただよ》ってきそうな絵だった。

標的を確認《かくにん》したあとは、館内をぶらついて1日を過ごした。俺をニセモノだと疑《うたが》う者は、ただの一人もいなかった。

閉館後、すべての職員が帰ったあと、俺は例の絵を壁《かべ》からはずした。監視カメラは作動したままだが、録画される映像《えいぞう》には俺の姿が映《うつ》らないよう細工《さいく》しておいた。館長権限《けんげん》である。

そして、夜中になって絵を届けると、依頼人は涙《なみだ》を流して菜の花畑の絵を抱《だ》きしめた。依頼人は、1週間前と同じサングラスをかけていたため、じつを言うと涙は見えなかったのだが、それでも、むせぶ様子《ようす》は真実であるように思えた。

「ありがとう。感謝するよ」

湿《しめ》った声でそう言って、依頼人は1週間前よりも大きなアタッシェケースを差し出した。残り2千万の報酬《ほうしゅう》だろう。

「本当に、助かった。きみのおかげだ。ありがとう」

面と向かって感謝されることなどないので、ふいに胸《むね》がそわそわした。らしくないな、と思いながら、俺は依頼人の前から永遠に姿を消す。

合わせて3千万の仕事にしては、少々簡単《かんたん》すぎた気がした。

翌日、俺は一般人《いっぱんじん》に変装して美術館に向かった。奇妙《きみょう》な依頼人に拉致《らち》されていた本物の館長が戻ったはずで、そうなると、菜の花畑の絵が消えたことで館内は大騒《おおさわ》ぎになっているはずだと思ったからである。

これまで、仕事をした現場の「その後」を気にしたことなどない。目的のものが手に入れば、興味は現場から失せてしまう。それが、今回は違《ちが》った。1千万と2千万のアタッシェケースの重みが、まだ手に残っているせいかもしれなかった。

美術館に着いた俺は、即座《そくざ》に違和感《いわかん》を覚えた。美術館は何事もなかったかのように開館しており、チケット売り場の窓口《まどぐち》には、近くの小学校から来たのだろう子どもたちが、先生に注意されながら列を作っている。

これはどういうことだろう。警察《けいさつ》が入り口を封鎖《ふうさ》している光景を思い浮《う》かべていた俺は、腑《ふ》に落ちない思いを抱《かか》えながら、とりあえずチケットを購入《こうにゅう》して館内に足を踏《ふ》み入《い》れた。目的の場所は、あの絵が飾られていた展示室《てんじしつ》である。頭に叩き込んだ見取り図はまだ記憶《きおく》に鮮明《せんめい》で、迷《まよ》うこともなく俺は、昨夜《さくや》と同じ展示室にたどり着いた。そして――

「――は？」

各国の警察機関を翻弄《ほんろう》し、マスコミに「アルセーヌ・ルパンは実在した」とさえ言わしめたこの俺だったが、その瞬間《しゅんかん》、ひどく間の抜《ぬ》けた声をもらしていた。

昨夜、確かに盗み出したあの菜の花畑の絵が、そこには飾られていたのである。まるで、もう何年もずっと、ここにこうして静かな居場所を得ていることを主張するかのように。

「そんなはずは……」

手に残っていた3千万の重さが、ふいに増したような気がした。

額縁《がくぶち》のなか、菜の花が織りなす金色の海に、白い小さな家が船のように浮かんでいる。その行き先は、俺には、想像することさえできなかった。

＊

その日、ある豪邸《ごうてい》に警察が集まっていた。豪邸の主である富豪《ふごう》が、4日前、何者かによって殺害されたのだ。もうすぐ80歳《さい》になろうとしていた富豪は未婚《みこん》の一人《ひとり》暮《ぐ》らしで、遺体《いたい》を発見したのは、3日前の朝に出勤《しゅっきん》してきた通いのお手伝いだった。

「死亡推定時刻《しぼうすいていじこく》は、4日前の夕方5時ごろ。凶器《きょうき》は現場に残されていましたが、犯人につながりそうな手がかりは見つかっていません」

「容疑者《ようぎしゃ》の絞《しぼ》り込《こ》みはできたのか？」

警部《けいぶ》に尋《たず》ねられて、若《わか》い刑事《けいじ》は手帳をめくった。

「被害者は、強引なやり口でビジネスを拡大《かくだい》してきたことで有名で、恨《うら》んでいる人間はかなりいたかと……。ですが、そのなかでも特別に被害者《ひがいしゃ》を恨んでいそうな人物が」

ほう、とつぶやいた警部の目が鋭《するど》さを増す。部下の刑事は、さらに手帳のページをめくった。

「その容疑者は子どものころ、父親が起こした一家心中から生き残ったという過去《かこ》があり、その心中の原因を作ったのが、どうやら今回の被害者らしいんです。なんでも、心中を企《くわだ》てた父親と今回の被害者は共同経営者だったらしく、被害者が裏切《うらぎ》って金を持ち逃げしたとかで」

「そりゃまたひどい話だな」

さしもの警部も眉《まゆ》をひそめて、やや同情的な色を目に宿した。しかし、すぐに熟練《じゅくれん》の警察官の目に戻《もど》る。

「つまり、生き残ったその人物に、殺害の動機は十分あるってわけだな。家族の仇討《かたきう》ちってところか」

「ええ。ここにも何度か訪ねてきたことがあるようで、被害者に向かって『いつかおまえを地《じ》獄《ごく》に送ってやる！』と叫《さけ》ぶ姿《すがた》が、たびたび目撃《もくげき》されています」

「なるほど。重要参考人として引っぱるか」

警部が早速、声高《こわだか》に指示を出そうとしたところで、「それが……」と、若い刑事は反対に声を落とした。

「じつは、その容疑者にはアリバイがありまして……」

「アリバイ？」

「彼は現在、小さな美術館の館長を務《つと》めています。犯行のあった日、彼は出張で出かける予定だったんですが、急なキャンセルがあったらしく取りやめになっています。そのあとは美術館に戻って、一日中、館内にいたようなんです。美術館に戻ってきてから閉館するまで、来館者や警備員など何人もの人間が館長を目撃《もくげき》していますし、監視カメラにも映っていました。犯行時刻とされている、夕方5時前後にも」

むう……と、アゴを押《お》さえて警部はうなった。

「もっとも疑わしい人物には、鉄壁《てっぺき》のアリバイが、か……。きな臭《くさ》い話だな」

「ですが警部、どう考えても無理ですよ」

パタンと手帳を閉《と》じて、若い刑事は苦笑《くしょう》を浮《う》かべた。その表情は、すでに架空《かくう》の話を物語る人間のものだった。

「その美術館から、この犯行現場までは、電車で5時間以上かかります。どう考えても、館長が犯行に及《およ》ぶのは不可能ですよ。そうですねぇ、たとえば……そうそう！　怪盗Zくらい、他人そっくりに変装できる人間が協力しないかぎり、あり得ないですね」


（作　桃戸ハル・橘つばさ）

補聴器《ほちょうき》

補聴器《ほちょうき》を手にした老人《ろうじん》は、あたかも、「盗聴器《とうちょうき》をしかけたスパイ」のような気持ちになった。

――嫁《よめ》が自分の悪口を言っている決定的な証拠《しょうこ》をつかんでやる。

心の中でそうつぶやくと、彼は、意地《いじ》の悪い笑《え》みを浮《う》かべた。


老人は、会社勤《づと》めをしている息子とその嫁、そして3人の小さい孫《まご》たちと暮《く》らしていた。

彼《かれ》の耳はだんだんと遠くなり、このところ家族の声があまり聞こえなくなっていた。

ずっと連《つ》れ添《そ》ってきた妻《つま》に先立たれてからというもの、老人はすっかり元気をなくし、加えて耳が聞こえにくくなったことが、彼の性格を少しずつ卑屈《ひくつ》で頑固《がんこ》なものに変えていった。耳が遠くなると、自分の話す声も自然と大きくなる。大きな声は怒鳴《どな》り声《ごえ》のように聞こえ、周囲を萎縮《いしゅく》させてしまうことも、家族との距離《きょり》が生まれた原因だった。

——わしが弱ってきたのをいいことに、家族はわしを邪魔者扱《じゃまものあつか》いし始めておる。

息子の嫁に対して、老人は、特に強い敵意を感じていた。

家族は何やら楽しげに話しをしているのだが、その内容はちっとも聞こえない。しかし、おそらく自分のことを笑《わら》っているだろうことはわかった。

そろって夕飯を食べているときも、息子夫婦と孫たちは、なにやら話をしては笑っている。皮肉《ひにく》なことに、会話の中身は聞こえなくても、大きな笑い声だけは、この遠くなってしまった耳に聞こえてくるのだ。

——わしの耳が聞こえんのを知った上で、堂々と悪口でも言っているに違《ちが》いない。

たまに嫁が自分に話しかけてくるときは、決まって耳元で大声を出した。

「今日の、ゴハンは、どうですか?」

まるでバカにされているようで、老人はこの問いには知らんぷりをして答えなかった。耳が遠くなったとはいえ、ちゃんと歯はある。食べることもできる。ボケてもいない。それを知っていて、あの嫁はわしを年寄扱《としよりあつか》いして、心の中で笑っているのだ。

音を感じることはできないが、昼間、老人が一人で部屋《へや》の中にいるとき、背後に嫁の気配《けはい》や視線《しせん》を感じることがあった。部屋の前をゆっくりと通り過ぎながら、こちらの様子《ようす》をうかがっているようだ。このわしを疎《うと》ましく感じているに違いない。そして夜になると、息子や孫たちに悪口を言っているのだろう。

仏壇《ぶつだん》の前に座《すわ》ると、老人は亡《な》き妻に話しかけた。

「年を取るというのは、寂《さび》しいものだ。体《からだ》が衰《おとろ》えてくると、気持ちまでふさいでしまう。今となっては、ぽっくりとあの世《よ》へいってしまったお前が、うらやましいくらいじゃ」

はあ、と老人はため息をついた。

「気持ちが弱ると、体も弱っていく。この耳もすっかり聞こえんようになってしまった」

話していると、あのいじわるな嫁の顔が浮《う》かんできた。そこで老人は一計《いっけい》を案《あん》じた。

耳が聞こえないと思っている嫁は、わしの悪口を言っているに決まっている。この耳が、突《とつ》然《ぜん》聞こえるようになったとしたらどうだろう。腹黒《はらぐろ》い嫁の、しっぽをつかまえてやる。

老人は、補聴器を買うことにした。

補聴器は駅前の大きなメガネ屋で扱《あつか》っていた。

老人が補聴器を求めていることを知った店員は、耳元で、大きな声でゆっくりと説明をした。

「まず補聴器には、もっともポピュラーな耳かけ型、操作《そうさ》のしやすいポケット型、また音声を振動《しんどう》で伝えるメガネ型などがございまして…」

「詳《くわ》しいことはわからん。ただ、できれば、外から、補聴器をつけていると分からないものがいいんだが」

「はい、それでしたら耳あな型になりますね。こちらは文字通り、耳の穴《あな》の中にすっぽりと入れて使いますので、まったく目立つものではございません」

それそれ。そういうのが欲《ほ》しいのだ。店員の説明は続く。

「一人ひとりの耳の形や聴力に合わせてお作りするオーダーメイドと、購入《こうにゅう》してすぐに使用できる既製《きせい》のタイプがあります。さらに、片耳だけでなく、より自然な〝聞こえ〟を実現する、両耳装用《そうよう》もおすすめです」

「なるほど…」

「長時間使うものですし、やはりオーダーメイド型のほうが、つけているという違和感《いわかん》もなくご使用いただけるかと思いますが…」

「で、それはいくらなのかね」

購入《こうにゅう》する気満々で、老人は尋《たず》ねた。年金ぐらしではあるが、多少の蓄《たくわ》えはある。しかし返ってきたのは、思ってもいない金額《きんがく》だった。

「はい、片耳《かたみみ》で30万円、両耳ですと50万円になります」

「なに、そんなにするものなのか!」

申《もう》し訳《わけ》なさそうに、店員が言う。

「従来《じゅうらい》からあるアナログと違い、最新のデジタル補聴器となりますので、やはりこの値段《ねだん》になってしまうんです。ただ、デジタル式ですから、会話以外の雑音《ざつおん》を減らすノイズリダクション、正面からの音を聴《き》きとりやすくする指向性、ハウリング音を減らすなど…」

「うむ、あまり難《むずか》しい説明をされてもよく分からん。ただ、その、耳あな式というのを、一度、試してみることはできるのか?」

「オーダーではなく既製品でしたら、まずは3日間、お試《ため》しということでご使用いただくことができます。快適な補聴効果を、きっと実感いただけるかと」

こうして老人は使い方を店員に教わり、耳の中にこっそりと補聴器をつけたのだ。意地の悪い笑みを浮《う》かべながら。

夕方。静かに玄関《げんかん》を開けて家に入ると、すでに仕事を終えて帰宅《きたく》した息子に、キッチンで嫁が話しかけている声が聞こえた。補聴器の効果はバツグンだ。以前なら、まったく聞こえなかった声がはっきりと聴きとれる。

「あら、もう6時。そろそろ夕飯の準備をしなくちゃ」

一瞬《いっしゅん》、「もうろくじじい」と聞こえたが、高性能の補聴器のおかげで、飛び出して怒鳴《どな》りつけずにすんだ。老人は胸《むね》をなで下《お》ろし、さらに聞き耳を立てた。決定的な瞬間をとらえて、すかさず怒鳴りつけてやるのだ。

「だから、夕飯の時間くらい、お義父《とう》さまの好きな番組を観《み》せてあげましょ。子どもたちの観たい番組は、ちゃんと録画してあるから大丈夫《だいじょうぶ》。ご飯の時は、子どもにとって興味のないテレビがついているくらいでいいのよ」

わしが観る番組は、つまらんものばかりで悪いか。そう思ったが、まだ飛び出すほどの場面ではない。子どもにもテレビを観せてやれと主張していたらしい息子《むすこ》も、嫁の話を聞いて「それもそうだな」と言っていた。

「それでね、あなた、お義父さまの話なんだけど。お義母《かあ》さまが亡くなってから、すっかり元気がなくなっちゃったでしょう？　元気を出してもらいたくて、子どもたちにも言って、なるべく笑い声が多い家庭にしてるんだけど……」

「おふくろが死んだことで、家じゅうバタバタしていたけれど、言われてみればそうだな」

「それまでは、おいしいおいしいって私《わたし》の料理も食べてくださっていたのに、今は無言でお食事なさっているでしょう？　お口に合わないのかどうなのか、分からなくて」

「本人に聞いてみればいいじゃないか」

「そうしてみたんだけど、お返事がなかったの。お義母さまが亡くなられてから、耳も遠くなっているみたいなの」

カチャカチャと食器の音がする。夕飯を作りながら、なお二人《ふたり》の会話は続いていたが、いつまでたっても、なかなか自分の悪口は出てこない。老人はさらに、壁《かべ》の向こう側から、そうっと一歩キッチンに近づいた。

「耳が遠いことは、お義父さまにとっても辛《つら》いことだと思うの。お義母さまがいなくなって、ただでさえ寂しいのに、子どもたちとも話ができないんじゃ、あんまりだわ」

高性能の補聴器は、嫁の涙声《なみだごえ》のような小さな音まで拾《ひろ》う。確《たし》かに、自分の耳が遠くなってからというもの、孫たちも自分に話しかけてはこなくなっていた。それが、老人には寂《さび》しかった。

なぜそれを、あの嫁が知っているのか。

「あなたはいつも会社に行っているけれど、私はお義父さまとひとつ屋根の下《した》で一緒《いっしょ》に生活をしているから、なるべく分《わ》かってあげたいと思っているの。だから今のお義父さまのことは、あなたより知っているつもりよ」

いつも陰《かげ》からわしを見ていたのは、そういうことだったのか。

「じゃあ、どうするんだ？　おやじの耳が悪いせいで、キミがストレスをためるのもいいことじゃないよ」

老人の耳がピクリと動いた。我《わ》が息子は、親よりも自分の妻を大事に思っているのだろうか。

——まさか、厄介者《やっかいもの》のこのわしに一人暮《ぐ》らしをさせるつもりか…？

しかし、夫の言葉に嫁ははっきりと答えた。

「私は全然大丈夫《だいじょうぶ》よ。それより、お義父さまが元気を失くしてしまったのは、耳が聞こえにくくいせいもあると思うの。それでね、私、駅前のメガネ屋さんで聞いたんだけど、今はデジタル式のいい補聴器があるんだって。オーダーメイドだと少し高いんだけど、それをお義父さまにプレゼントしようと思っているの。いいかしら？」

それを聞いた息子が明るい声で言った。

「おお、それはきっとおやじも喜ぶよ」

「もしかしたら、恥《は》ずかしがっていやがるかもしれないけれど、おすすめしてみるわ。貯金を使って、みんなで節約すればなんとかなりそうなの。家族みんなからのプレゼントなら、きっとお義父さまも使ってくれるわ」

二人にばれないよう、老人はそっとその場を立ち去り、部屋に戻《もど》っていった。

翌日、老人はメガネ屋に行った。

「これは返すよ」

「お試し期間はまだ2日ございますが…なにか不具合《ふぐあい》でも？」

「いや、そんなことはない」

だとすれば、一日使っただけで、すっかり気に入ったに違いない。店員はそう確信《かくしん》して老人に尋《たず》ねた。

「ご使用されてみて、いかがでしたか？」

「ああ、とっても気に入ったよ。オーダーメイドなら、もっと具合がいいに違いない」

やはりそうだ。お買い上げ、ありがとうございますと、心の中で店員は叫《さけ》んだ。

「では、ご購入いただけるということで、さっそくお耳の方のサイズを測《はか》らせていただいてよろしいでしょうか？」

しかし老人の答えは、思っていたものではなかった。

「いや、今日のところはこれは返して、帰らせてもらう」

なぜ、と問いかける店員の言葉は、補聴器をはずした老人には聞こえていなかった。しかし、老人は力強い声で言った。

「だが、近いうちにまた来るよ。必ずな」


（作　桃戸ハル）

夏の葬《そう》列《れつ》

海岸の小さな町の駅に下りて、彼は、しばらくはものめずらしげにあたりを眺《なが》めていた。駅前の風景はすっかり変っていた。アーケードのついた明るいマーケットふうの通りができ、その道路も、固く舗《ほ》装《そう》されてしまっている。はだしのまま、砂《じゃ》利《り》の多いこの道を駈《か》けて通学させられた小学生の頃《ころ》の自分を、急になまなましく彼は思い出した。あれは、戦争の末期だった。彼はいわゆる疎《そ》開《かい》児童として、この町にまる三カ月ほど住んでいたのだった。——あれ以来、おれは一度もこの町をたずねたことがない。その自分が、いまは大学を出、就《しゅう》職《しょく》をし、一《いち》人《にん》前《まえ》の出《しゅっ》張《ちょう》がえりのサラリーマンの一人として、この町に来ている……。

東京には、明日までに帰ればよかった。二、三時間は充《じゅう》分《ぶん》にぶらぶらできる時間がある。彼は駅の売店で煙《た》草《ばこ》を買い、それに火を点《つ》けると、ゆっくりと歩きだした。

夏の真昼だった。小さな町の家《いえ》並《な》みはすぐに尽《つ》きて、昔のままの踏《ふみ》切《き》りを越《こ》えると、線路に沿《そ》い、両側にやや起伏《きふく》のある畑地がひろがる。彼は目を細めながら歩いた。遠くに、かすかに海の音がしていた。

なだらかな小丘《しょうきゅう》の裾《すそ》、ひょろ長い一本の松に見憶《みおぼ》えのある丘《おか》の裾をまわりかけて、突然《とつぜん》、彼は化石したように足をとめた。真昼の重い光を浴び、青々とした葉を波うたせたひろい芋畑《いもばたけ》の向うに、一列になって、喪服《もふく》を着た人びとの小さな葬列《そうれつ》が動いている。

一瞬《いっしゅん》、彼は十数年の歳月《さいげつ》が宙《ちゅう》に消えて、自分がふたたびあのときの中にいる錯覚《さっかく》にとらえられた。……呆然《ぼうぜん》と口をあけて、彼は、しばらくは呼吸《こきゅう》をすることを忘《わす》れていた。

濃緑《のうりょく》の葉を重ねた一面のひろい芋畑の向うに、一列になった小さな人かげが動いていた。線路わきの道に立って、彼は、真白なワンピースを着た同じ疎開児童のヒロ子さんと、ならんでそれを見ていた。

この海岸の町の小学校（当時は国民学校といったが）では、東京から来た子供は、彼とヒロ子さんの二人きりだった。二年上級の五年生で、勉強もよくでき大柄《おおがら》なヒロ子さんは、いつも彼をかばってくれ、弱むしの彼をはなれなかった。

よく晴れた昼ちかくで、その日も、二人きりで海岸であそんできた帰りだった。

行列は、ひどくのろのろとしていた。先頭の人は、大昔の人のような白い着物に黒っぽい長い帽子《ぼうし》をかぶり、顔のまえでなにかを振《ふ》りながら歩いている。つづいて、竹筒《たけづつ》のようなものをもった若《わか》い男。そして、四角く細長い箱をかついだ四人の男たちと、その横をうつむいたまま歩いてくる黒い和服の女。……

「お葬式だわ」

と、ヒロ子さんがいった。彼は、口をとがらせて答えた。

「へんなの。東京じゃあんなことしないよ」

「でも、こっちじゃああするのよ」ヒロ子さんは、姉《ねえ》さんぶっておしえた。「そしてね。子供が行くと、お饅頭《まんじゅう》をくれるの。お母さんがそういったわ」

「お饅頭？　ほんとうのアンコの？」

「そうよ。ものすごく甘《あま》いの。そして、とっても大きくって赤ちゃんの頭ぐらいあるんだって」

彼は唾《つば》をのんだ。

「ね。……ぼくらにも、くれると思う？」

「そうね」ヒロ子さんはまじめな顔をして首をかしげた。「くれる、かもしれない」

「ほんと？」

「行ってみようか？　じゃあ」

「よし」と彼は叫《さけ》んだ。「競走だよ！」

芋畑は、真青な波を重ねた海みたいだった。彼はその中におどりこんだ。近道をしてやるつもりだった。……ヒロ子さんは、畦道《あぜみち》を大まわりしている。ぼくのほうが早いにきまっている、もし早い者順でヒロ子さんの分がなくなっちゃったら、半分わけてやってもいい。芋《いも》のつるが足にからむやわらかい緑の海のなかを、彼は、手を振りまわしながら夢中《むちゅう》で駈《か》けつづけた。

正面の丘のかげから、大きな石が飛び出したような気がしたのはその途中でだった。石はこちらを向き、急速な爆音《ばくおん》といっしょに、不意に、なにかを引きはがすような烈《はげ》しい連続音がきこえた。叫《さけ》びごえがあがった。「カンサイキだあ」と、その声はどなった。

艦載機《かんさいき》だ。彼は恐怖《きょうふ》に喉《のど》がつまり、とたんに芋畑の中に倒《たお》れこんだ。炸裂音《さくれつおん》が空中にすさまじい響《ひび》きを立てて頭上を過《す》ぎ、女の泣きわめく声がきこえた。ヒロ子さんじゃない、と彼は思った。あれは、もっと大人の女のひとの声だ。

「二機だ、かくれろ！　またやってくるぞう」奇妙《きみょう》に間のびしたその声の間に、べつの男の声が叫んだ。「おーい、ひっこんでろその女の子、だめ、走っちゃだめ！　白い服はぜっこうの目標になるんだ、……おい！」

白い服――ヒロ子さんだ。きっと、ヒロ子さんは撃《う》たれて死んじゃうんだ。

そのとき第二撃《だいにげき》がきた。男が絶叫《ぜっきょう》した。

彼は、動くことができなかった。頬《ほ》っぺたを畑の土に押《お》しつけ、目をつぶって、けんめいに呼吸をころしていた。頭が痺《しび》れているみたいで、でも、無意識のうちに身体を覆《おお》おうとするみたいに、手で必死に芋の葉を引っぱりつづけていた。あたりが急にしーんとして、旋回《せんかい》する小型機の爆音だけが不気味につづいていた。

突然《とつぜん》、視野《しや》に大きく白いものが入ってきて、やわらかい重いものが彼をおさえつけた。

「さ、早く逃《に》げるの。いっしょに、さ、早く。だいじょうぶ？」

目を吊《つ》りあげ、別人のような真青《まっさお》なヒロ子さんが、熱い呼吸でいった。彼は、口がきけなかった。全身が硬直《こうちょく》して、目にはヒロ子さんの服の白さだけがあざやかに映《うつ》っていた。

「いまのうちに、逃げるの、……なにしてるの？　さ、早く！」

ヒロ子さんは、怒《おこ》ったようなこわい顔をしていた。ああ、ぼくはヒロ子さんといっしょに殺されちゃう。ぼくは死んじゃうんだ、と彼は思った。声の出たのは、その途端《とたん》だった。ふいに、彼は狂《くる》ったような声で叫んだ。

「よせ！　向うへ行け！　目立っちゃうじゃないかよ！」

「たすけにきたのよ！」ヒロ子さんもどなった。「早く、道の防空壕《ぼうくうごう》に……」

「いやだったら！　ヒロ子さんとなんて、いっしょに行くのいやだよ！」夢中で、彼は全身の力でヒロ子さんを突《つ》きとばした。「……むこうへ行け！」

悲鳴を、彼は聞かなかった。そのとき強烈な衝撃と轟音《ごうおん》が地べたをたたきつけて、芋の葉が空に舞《ま》いあがった。あたりに砂埃《すなぼこり》のような幕《まく》が立って、彼は彼の手で仰向《あおむ》けに突きとばされたヒロ子さんがまるでゴムマリのようにはずんで空中に浮《う》くのを見た。

葬列は、芋畑のあいだを縫《ぬ》って進んでいた。それはあまりにも記憶の中のあの日の光景に似ていた。これは、ただの偶然《ぐうぜん》なのだろうか。

真夏の太陽がじかに首すじに照りつけ、眩暈《めまい》に似《に》たものをおぼえながら、彼は、ふと、自分には夏以外の季節がなかったような気がしていた。……それも、助けにきてくれた少女を、わざわざ銃撃《じゅうげき》のしたに突きとばしたあの夏、殺人をおかした、戦時中の、あのただ一つの夏の季節だけが、いまだに自分をとりまきつづけているような気がしていた。

彼女《かのじょ》は重傷《じゅうしょう》だった。下半身を真赤に染《そ》めたヒロ子さんはもはや意識がなく、男たちが即席《そくせき》の担架《たんか》で彼女の家へはこんだ。そして、彼は彼女のその後を聞かずにこの町を去った。あの翌《よく》日《じつ》、戦争は終ったのだ。

芋《いも》の葉を、白く裏返《うらがえ》して風が渡《わた》って行く。葬列は彼のほうに向かってきた。中央に、写真の置かれている粗末《そまつ》な柩《ひつぎ》がある。写真の顔は女だ。それもまだ若い女のように見える。……不意に、ある予感が彼をとらえた。彼は歩きはじめた。

彼は、片足《かたあし》を畦道《あぜみち》の土にのせて立ちどまった。あまり人数の多くはない葬式の人の列が、ゆっくりとその彼のまえを過ぎる。彼はすこし頭を下げ、しかし目は熱心に柩の上の写真をみつめていた。もし、あのとき死んでいなかったら、彼女はたしか二十八か、九だ。

突然、彼は奇妙《きみょう》な歓《よろこ》びで胸《むね》がしぼられるような気がした。その写真には、ありありと昔の彼女の面かげが残っている。それは、三十歳《さい》近くなったヒロ子さんの写真だった。

まちがいはなかった。彼は、自分が叫《さけ》びださなかったのが、むしろ不思議なくらいだった。

——おれは、人殺しではなかったのだ。

彼は、胸に湧《わ》きあがるものを、けんめいに冷静におさえつけながら思った。たとえなんで死んだにせよ、とにかくこの十数年間を生きつづけたのなら、もはや彼女の死はおれの責任《せきにん》とはいえない。すくなくとも、おれに直接《ちょくせつ》の責任がないのはたしかなのだ。

「……この人、脚《あし》を怪我《けが》していた？」

彼は、群《む》れながら列のあとにつづく子供たちの一人《ひとり》にたずねた。あのとき、彼女は太腿《ふともも》をやられたのだ、と思いかえしながら。

「ううん。ケガなんかしてないよ。からだはぜんぜん丈夫《じょうぶ》だったよ」

一人が、首をふって答えた。

では、癒《なお》ったのだ！　おれはまったくの無罪《むざい》なのだ！

彼は、長い呼吸を吐《は》いた。苦笑が頰《ほお》にのぼってきた。おれの殺人は、幻影《げんえい》にすぎなかった。

あれからの年月、重くるしくおれをとりまきつづけていた一つの夏の記憶、それはおれの妄《もう》想《そう》、おれの悪夢でしかなかったのだ。

　葬列は確実に一人の人間の死を意味していた。それをまえに、いささか彼は不謹慎《ふきんしん》だったかもしれない。しかし十数年間もの悪夢から解《と》き放《はな》たれ、彼は、青空のような一つの幸福に化してしまっていた。……もしかしたら、その有頂天《うちょうてん》さが、彼にそんなよけいな質問《しつもん》を口に出させたのかもしれない。

「なんの病気で死んだの？　この人」

　うきうきした、むしろ軽薄《けいはく》な口調《くちょう》で彼はたずねた。

「この小母《おば》さんねえ、頭がおかしかったんだよ」

　ませた目をした男の子が答えた。

「一昨日《おととい》ねえ、川にとびこんで自殺しちゃったのさ」

「へえ。失恋《しつれん》でもしたの？」

「バカだなあ小父《おじ》さん」運動靴《うんどうぐつ》の子供たちは、口々にさもおかしそうに笑った。

「だってさ、この小母さん、もうお婆《ばあ》さんだったんだよ」

「お婆さん？　どうして。あの写真だったら、せいぜい三十くらいじゃないか」

「ああ、あの写真か。……あれねえ、うんと昔のしかなかったんだってよ」

洟《はな》をたらした子があとをいった。

「だってさ、あの小母さん、なにしろ戦争でね、一人きりの女の子がこの畑で機銃で撃《う》たれて死んじゃってね、それからずっと気が変になっちゃったんだ」


葬列は、松の木の立つ丘へとのぼりはじめていた。遠くなったその葬列との距離《きょり》を縮《ちぢ》めようというのか、子供たちは芋畑の中におどりこむと、歓声をあげながら駈《か》けはじめた。立ちどまったまま、彼は写真をのせた柩《ひつぎ》がかるく左右に揺れ、彼女の母の葬列が丘を上って行くのを見ていた。一つの夏といっしょに、その柩の抱《だ》きしめている沈黙。彼は、いまはその二つになった沈黙、二つの死が、もはや自分のなかで永遠《えいえん》につづくだろうこと、永遠につづくほかはないことがわかっていた。彼は、葬列のあとは追わなかった。追う必要がなかった。この二つの死は、結局、おれのなかに埋葬《まいそう》されるほかはないのだ。

――でも、なんという皮肉だろう、と彼は口の中でいった。あれから、おれはこの傷《きず》にさわりたくない一心で海岸のこの町を避《さ》けつづけてきたというのに。そうして今日、せっかく十数年後のこの町、現在《げんざい》のあの芋畑をながめて、はっきりと敗戦の夏のあの記憶を自分の現在から追放し、過去《かこ》の中に封印《ふういん》してしまって、自分の身をかるくするためにだけおれはこの町に下りてみたというのに。……まったく、なんという偶然の皮肉だろう。

やがて、彼はゆっくりと駅の方角に足を向けた。風がさわぎ、芋の葉の匂《にお》いがする。よく晴れた空が青く、太陽はあいかわらず眩《まぶ》しかった。海の音が耳にもどってくる。汽車が、単調な車輪の響きを立て、線路を走って行く。彼は、ふと、いまとはちがう時間、たぶん未来のなかの別な夏に、自分はまた今とおなじ風景をながめ、今とおなじ音を聞くのだろうという気がした。そして時をへだて、おれはきっと自分の中の夏のいくつかの瞬間を、一つの痛《いた》みとしてよみがえらすのだろう……。

思いながら、彼はアーケードの下の道を歩いていた。もはや逃げ場所はないのだという意識が、彼の足どりをひどく確実なものにしていた。

（作　山川方夫）

5分間の人生相談

深夜。鳴《な》り響《ひび》いた携帯《けいたい》電話を、オレは若干《じゃっかん》ウンザリした思いで手に取った。ディスプレイの右上に小さく表示されている時刻《じこく》は、0時過ぎを示している。

「はい……」

「おう」

こちらのウンザリを無視《むし》した軽快な声がまた気に食わなくて、オレは当てつけに、ため息をついた。

「なんでいつも狙《ねら》って夜中にかけてくるんだよ……」

「仕方ないだろう、時差があるんだから。それに、おまえと違《ちが》って、俺《おれ》は仕事も忙《いそが》しい」

なんでエラそうなんだ、ムカつく。確かに相手は働いている。単身赴《ふ》任《にん》中なのも大変だろうし、一方のオレはまだ大学生で、その学費だって自分で払《はら》っているわけではない。

しかし、わざわざこんな深夜にエラそうにされて納得《なっとく》できるかどうかというのは、べつの問題だ。

「まあまあ、時間は気にするな」

「それはオレのセリフだろ。それに、時間は気にしろ」

電話のむこうで、少ししゃがれた声で相手が笑う。まったく、いい気なモンだ。

「で、大学はどうだ？　ちゃんと行ってるか？」

「行ってるよ。明日《あした》の授業で発表があるから、その準備をしてたんだけど。手が止まっちまったよ、誰《だれ》かさんが電話してくるから。もう、いい成績とれないな」

「おいおい、学費を払《はら》ってる親を悲しませるなよ。遊んでるだけじゃなくて勉強もマジメにやらないと、待ってる未来はお先まっくらだぞ」

「応援《おうえん》してんのか、脅《おど》してんのか、どっちだよ」

同じ血が流れているというのに、なんでこんなにイラつくんだろうか。オレばかり一方的にやり玉に挙《あ》げられるのはおもしろくないので、そろそろ話題を変えることにする。

「そっちは？　仕事はどう」

「んー、まあボチボチってとこだな。ああ、わりと大きな契約《けいやく》がとれて、社会貢献《こうけん》してますよ。や、会社貢献か」

しゃがれた声が、ノドの奥《おく》で「くくく」と笑う。

「珍《めずら》しいな、おまえが俺の仕事のこと聞いてくるなんて。どういった心境の変化だ？　発表の準備、手こずってんのか」

図星《ずぼし》を指《さ》されて、返す言葉が浮《う》かばなかった。たぶん、その沈黙《ちんもく》を肯定《こうてい》と受け取ったんだろう。「なるほどね」とつぶやく声のむこうに、ニヤリと釣《つ》り上がる唇《くちびる》が見えた気がして、ますますおもしろくない。

「ま、発表するときは、早口にならないよう気をつけることだな。それと、目線はオーディエンス全員に、まんべんなく配ること。あとは、答えづらい質問が出ないよう祈《いの》れ」

「それはアドバイスじゃないだろ」

「大丈夫《だいじょうぶ》だって。俺にできたんだから、おまえにもできる」

あっけらかんと相手が言う。あまりに自信たっぷりで、こちらとしては黙《だま》るしかない。その沈黙につけ込《こ》まれた。

「で？　めぐみちゃんには告白したのか？」

危《あや》うく携帯電話を床《ゆか》に落とすところだった。かあっと顔がほてり、「なんでっ……」と口にした声が裏返《うらがえ》る。落ち着け、落ち着け、落ち着け……と、５回ほど頭の中で繰《く》り返《かえ》すと、ようやく声が戻《もど》った。

「そんなこと、いくらあんたでもプライバシーの侵害《しんがい》だ」

またしても相手が電話のむこうで「くくく」と笑う。遊ばれていると思ったら、さっきとは違《ちが》う意味で顔がほてってきた。

「いいねえ、初々《ういうい》しくて。学生時代かぁ、懐《なつ》かしいな……。俺も戻《もど》りたいよ」

「はいはい、聞き飽《あ》きました」

「なんだよ、冷たいなぁ。まあ、とにかく失敗するなよ。めぐみちゃんはおまえにとっても、俺にとっても、大事な存在《そんざい》なんだからな」

こういうときにムダなプレッシャーをかけてくるところは嫌《きら》いだ。

「イヤな姑《しゅうとめ》みたいだな」

「それを言うなら舅《しゅうと》だろ」

悪びれた様子もなく言い返されて、一気に肩《かた》がこる。ため息まで届《とど》けてくれる電話があればいいのにと、しょうもないことを思った。

「そういえば、もうすぐ夏休みだろ。サークルの合宿があるんじゃないのか」

話しているうちに大学時代のことを思い出したのか、相手が懐《なつ》かしむように尋《たず》ねてきた。さすが、経験者なだけあってよく知っている。

「ああ、今週末にやるよ。大学のセミナーハウス使って」

答えると、気のせいか、電話のむこうで相手の気配《けはい》がかたくなった。ぴりっとしたものが耳に触《ふ》れたような気がして、電話を持つ手に思わず力がこもる。

「よく聞けよ」

ああ。前にも、こんなことがあった。そして、こう切り出すとき、決まって相手は声色《こわいろ》を一変させるのだ。

「合宿2日目、時期の早い台風がセミナーハウスを直撃《ちょくげき》する。しかも、かなりデカイやつだ。同学年に、塚田《つかだ》ってやつがいるだろう」

「ああ……」

「そいつが海に行こうとするが、絶対に行かせるな。行ったら、塚田は死ぬ」

あまりに衝撃《しょうげき》的な一言に、オレは言葉をなくした。なんの根拠《こんきょ》があって、とも言えない。聞くだけムダなことを、オレはわかっている。

周囲の音が、わんわんと鼓膜《こまく》の手前で渦巻《うずま》いているような気がする。その不快な渦の間を縫《ぬ》うようにして、相手の少ししゃがれた声が頭の中に割《わ》り込《こ》んできた。

「いいか？　おまえなら、塚田を助けることができる」

「助けるったって……」

「海に行かせなきゃいいんだ、なんとでも言って引き止めればいい。実際、台風がきてるんだからな。常識的に考えたら、止めることは不自然じゃない」

けどな、と、ここで相手がまた声を落とす。

「塚田が生きていれば、あいつがおまえから、めぐみちゃんを奪《うば》うことになる」

「え……」

「だからおまえは、塚田か、めぐみちゃんか、好きなほうを選べ」

突然《とつぜん》の選択肢《せんたくし》に、オレは言葉だけでなく、息をするのも忘《わす》れていた。そこへ、たたみかけるように聞こえてきたのは、ププププ、という間の抜《ぬ》けた電子音だった。

「なんだ、もう5分経《た》ったのか」

そうつぶやいた相手の声は、もとの調子に戻っていた。直前まで、人の生死に関わる話をしていたなんて思えない変貌《へんぼう》ぶりだ。オレには、とうていマネできない。まだまだ経験不足ということなのだろうか。

「それじゃあ、あとはおまえ次第《しだい》だからな。しっかり選べ」

「あ……」

口を開いたところで、何か言いたいことがあるわけじゃなかった。いや、言いたいことはたくさんあったけど、ここで何を言うのが正解なのかが判断できなかったのだ。

結局オレは何も言えないまま、最後は「じゃあな」という相手の軽い一言で、電話は切れた。あとには、プー、プー、とむなしい音が残るだけだ。

オレは携帯電話を持ったまま、ベッドに体を投げ出すようにして横になった。さっきまで電話から聞こえていた声が、単語に分解されて頭の中を飛びまわっている。

合宿。塚田。海。2日目。時期の早い台風。――死ぬ。

――おまえなら、塚田を助けることができる。

5分。それが、オレとあいつに許された時間。たったそれだけのわずかな時間の最後に、あいつはそう言い残した。適当なことを言ったわけではないのだろう。

オレは身を起こし、リモコンに手を伸ばした。テレビをつけてチャンネルを回し、ニュース番組になったところで手を止める。気象予報士が天気図をバックに、難《むずか》しそうな表情を作っていた。

「時期の早い台風は、ゆっくりとした足並《あしな》みで北上しています。列島に最接近するのはこの週末で、その威力《いりょく》は過去最大級となる予想です。早めの台風対策《たいさく》をおすすめします」

あいつの言っていたとおりのことをキャスターが繰《く》り返《かえ》している。オレはわずかな悪寒《おかん》さえ覚えた。やっぱり、あいつは適当なウソをついているわけじゃないんだ。

ぐるぐると、テレビ画面の中で巨大《きょだい》な雲の渦《うず》が回っている。

「オレは……」

握《にぎ》り締《し》めた拳《こぶし》が熱い。その熱さえも、オレに決断を迫《せま》っているように思えた。

——数日後。

机《つくえ》の上に置きっぱなしてあった携帯電話が、夜中に突如《とつじょ》として震《ふる》え始《はじ》めた。バイブレーションにあわせての机の上を滑《すべ》る電話を、床《ゆか》に落ちる前に取り上げる。

「はい」

「おう。元気か」

出ると、相手は変わらず能天気《のうてんき》な声を放ってきた。

「どうだ。前に話してたレポート発表、うまくいっただろ。俺にできて、おまえにできないわけないんだからな」

得意げな声に、いつもならイラッとするところだが、今日はまるで気持ちが動かなかった。返事が思《おも》い浮《う》かばず、「ああ……」とおざなりなつぶやきを返したことで、たぶん相手が悟《さと》ったのだろう。

「おまえ、ちゃんと選んだんだな」

温度を下げた声が、気づかうように耳元で響《ひび》く。それだけで、携帯電話を握《にぎ》り締《し》めた手の平に汗《あせ》がにじんだ。

オレは確かに選んだのだ。海辺《うみべ》のセミナーハウスでの合宿2日目。台風に荒《あ》れ狂《くる》う海を見にいこうと、昼から酔《よ》った塚田が本当に言い始めた。ゾッとしているオレに塚田は背中《せなか》を向け、外に出ていこうとした。その背中に死が貼《は》りついているのを、オレは見た。

引き止めようとしても振《ふ》り払《はら》って行こうとするので、最後には「死にたいのか!」と怒鳴《どな》っていた。しん、とまわりが静まり返った数秒後、「わかったよ……」と塚田がつぶやいたのを聞いて心底《しんそこ》ほっとしたあの心地《ここち》は、合宿から帰ってきた今でも覚えている。

塚田は海には行かず、結果、死ななかった。塚田を生かす道を、オレは自ら選んだのだ。

あのまま海に行かせていれば、本当に塚田は死んだのか、それを知る術《すべ》はオレにはない。けど、たとえ、めぐみちゃんとの仲がダメになったとしても、大学に入ったときからの友人を失いたくないという思いは確かだった。

だから、携帯電話を落とさないよう握り直して、オレは聞く。

「塚田は、ちゃんと元気にしてるのか? そっちでも――未来の世界でも」

深夜は、わずかに特別が許される時間。たったの5分間だけ、今とは違う時間がまじる。

ここことは違う世界とつながる電話に、オレは耳をすませた。

すると、電話のむこうで相手の気配が笑みを含《ふく》んだのがわかった。

「もちろん。なんてったって、俺とめぐみをくっつけてくれたのは、塚田だからな」

何を言われたのか、とっさに理解できなかった。

「……は？」

ようやっと、それだけを口にする。口にしたあとで思考が遅《おく》れてやってきた。

「もしかして、おまえ……そうなるって全部わかってて、オレにウソを……」

「まあな」

問《と》い詰《つ》めたつもりだったのに、相手の声に宿る笑みが深くなっただけだった。ふんぞり返る相手の姿《すがた》が目に浮かんで、めまいがする。

「おまえも、そろそろ男になったかと思ってさ。俺の見込《みこ》み違《ちが》いじゃなくて、よかったよ。まあ、ありがたく受け取っとけ。未来の自分からの試練《しれん》だったと思って、な」

どっと疲《つか》れが押《お》し寄《よ》せてきて、オレは携帯を持ったままベッドに倒《たお》れ込《こ》んだ。夏休みに入ったばっかりだっていうのに、早くも夏バテしたのかと疑《うたが》いたくなるほどに体が重い。ついでに頭も痛《いた》い。

「やっぱり、イヤな姑《しゅうとめ》だな……」

せいいっぱいのイヤミを込《こ》めて言ってやる。しかし相手は何もこたえていない様子で、ただおもしろそうに「くくくく」と笑い続けるだけだった。その声のむこうに、大人の女性の声が聞こえたような気がした。どこか、聞き覚えのある声だった。

イヤな大人《おとな》にならないようにしよう。

ああ、でも、そういうわけにはいかないのか。未来のオレは、あいつと同じことを、過去《かこ》のオレにしてやらないといけないんだから。

（作　橘つばさ）

中間管理職の苦悩《くのう》

田舎《いなか》の中学校の教頭という職は、気苦労《きぐろう》が絶えない。事《こと》なかれ主義の校長は学校運営のなんたるかを理解しているのか、はなはだ疑問《ぎもん》だし、現場《げんば》の教師は一国一城《いっこくいちじょう》、身勝手な連中《れんちゅう》ばかりである。まったく、「中間管理職」なんていう身分は憂鬱《ゆううつ》でしかない。

そんなある日、事なかれ主義の校長が言った。

「こんど、新しい数学の先生をお迎《むか》えすることになったから、よろしく頼《たの》むよ」

「は？」

そんなことは初耳《はつみみ》である。校長に対する態度ではなかったかもしれないが、それが私のそのときの素直《すなお》な感想だった。とは言っても、仕方がない。これも中間管理職のさだめと割《わ》りきって、心を無《む》にして働くしかない。

しかし、赴任《ふにん》してきた新任教師というのが、これまた想像を絶する男だった。

東京の大学を卒業したばかりの若者《わかもの》で、都会らしく洗練《せんれん》された人物かと思いきや、まったくの俗人《ぞくじん》だった。いや、「賊人《ぞくじん》」と言ったほうが適当かもしれない。横柄《おうへい》で、思い上がりが激《はげ》しく、何かとこの町を「田舎、田舎」とバカにする様子《ようす》が目立つのだ。そんな都会の若者に対して、古い教師のなかには不満をもつ者も早い段階《だんかい》で出始めた。そして、中間管理職である私の役目《やくめ》は、そんな教師たちをなだめることである。ああ、胃《い》が痛《いた》い……。

バカにされてなるものかと、私は身なりに人一倍《ひといちばい》の気をつかった。シャツやスーツは新調し、ハンカチや時計などは外国製のいい品を買ってみた。しかし、風雅《ふうが》など知らないただのガサツな若者の目には、とまらなかったらしい。新任教師の言動は、ますますもって目にあまり、ほかの教師たちとの溝《みぞ》は深まるばかりだった。

このままではいけないと考えた私は、意を決して、新任教師を釣《つ》りに誘《さそ》うことにした。さすがに1対1では警戒《けいかい》されるかと思い、もう一人、古参《こさん》の教師も誘《さそ》って3人で入《い》り江《え》に小さな舟《ふね》を出す。

日射《ひざ》しの強い日だったので、私は帽子《ぼうし》をかぶり直して糸を垂《た》れながら、小舟《こぶね》の反対側で竿《さお》を振《ふ》っていた新任教師に話しかけてみた。

「学校にも、ずいぶん馴染《なじ》んだようですね。生徒たちが君にアダ名をつけて親しげに呼《よ》んでいるのを聞きましたよ」

これが不満だったのか、新任教師は仏頂面《ぶっちょうづら》になり、この日以降《いこう》は、私と言葉を交《か》わさなくなってしまった。不機嫌《ふきげん》そうな背中《せなか》からは、歩《あゆ》み寄《よ》ろうという心づもりがまったく感じられない。私ばかり努力しているのがバカバカしくなってくる。

だったら、必要以上に距離《きょり》を縮《ちぢ》めることもないだろう。そう思おうとすると、見透《みす》かしたように校長が、のほほんとした笑《え》みを向けてきて言うのだ。

「うまくやってくださいね」

だったらあなたが矢面《やおもて》に立てばいい、とは当然言えるはずもなく、家に帰って布団《ふとん》の中に叫《さけ》んでみるのが精《せい》いっぱいだった。ああ、ますます胃が痛い……。

若い教師の地方差別はとどまるところを知らないらしく、学校の外でも、ことあるごとに「田舎だ」「田舎者どもが」と偉《えら》ぶっているというから、ますますもって頭も痛い。しかも、私の仕事は、彼のことを考えるだけではない。それ以外にも問題は山積みだ。

その日、私は一軒《いっけん》の喫茶店《きっさてん》を訪《おとず》れた。すると、私に気づいた店員の女性が、にこりと笑《わら》って会釈《えしゃく》してきた。いつ来ても変わることなく、気立てのいい女性だ。彼女は、我《わ》が校《こう》にいる一人の教師の婚約者《こんやくしゃ》――いや、元《もと》婚約者である。

「わけあって結婚の話は白紙《はくし》になったのですが、あの人、それでも毎日のようにここへ通ってくるんです。私もう、どうしたらいいのか……」

いつだったか、仕事帰りにお茶をしていた私に、彼女《かのじょ》はそう告白してうなだれたのだった。我が校の教師が女性につきまとっているなど、これ以上ない恥《はじ》だ。若く美しい彼女の身に何かあってもいけないので、私はある提案をした。

「上司《じょうし》である私と交際していると見せかければ、彼も、もうつきまとわなくなるはずですよ」

店員の彼女は持っていた盆《ぼん》を胸《むね》に抱《だ》き、「でも、先生にご迷惑《めいわく》をおかけするわけには……」と表情を曇《くも》らせた。そんな姿《すがた》も愛らしく、力になってやりたいと思った。

以来、私はこうしてたまに店を訪れ、彼女が元気でいるかを確かめるようにしているのだ。

「いらっしゃい、先生」

「ああ、どうも。変わりはないかい？」

「はい、おかげさまで」

可憐《かれん》な微笑《ほほえ》みに、自然とこちらの頬《ほお》もゆるむ。下心《したごころ》などはわずかもないが、それでも、彼女と会って言葉を交《か》わす短い時間は、数少ない私の癒《いや》しになっていた。とくに、あの傍若無人《ぼうじゃくぶじん》な新任教師を抱《かか》えるようになってからは。

「先生、大丈夫《だいじょうぶ》ですか？　お疲《つか》れのようですけど……」

気づかうように言われて、はっとする。「これは失敬《しっけい》」と、私は目深《まぶか》に帽子《ぼうし》をかぶり直した。

「中間管理職というのは、気苦労が絶えないものでね。大丈夫。ご心配いただくほどのことではありません。ありがとう」

うら若き女性の前でこんなふうに強がったことがいけなかったのかと、後に私は本気で思案《しあん》することになる――。


「給料を上げてくれませんか」

神妙《しんみょう》な面持《おもも》ちで机《つくえ》にやってきてそう言ったのは、例の喫茶店の店員の元婚約者である男性教師だった。

「教頭先生が評価を高くしてくれれば、査定もよくなって給料が増えるんじゃないんですか。だったら、お願いできませんか」

ヤブから棒《ぼう》な話に、いじっていた時計を取り落としそうになって、慌《あわ》ててつかみ直す。

「給料を？　どうしたんです、急に」

「じつは、母が病気で……介護《かいご》のために、お金が必要なんです。だから……」

「とは言ってもねぇ。私の力ではどうにも――」

できない、と続けようとした私に、男性教師がずいと顔を寄せてきた。言葉をのんだところへ畳《たた》みかけるように、ただし、小声《こごえ》で言う。

「人の婚約者に手を出したなんてこと、僕《ぼく》だって言いふらしたくはないんです」

殴《なぐ》られたような衝撃《しょうげき》が頭に走る。手を出した？　私が？　濡《ぬ》れ衣《ぎぬ》もいいところだ！

声を上げそうになったが、ここが昼間の職員室であることを思い出して踏《ふ》みとどまった。男性教師の顔を見ると、狡猾《こうかつ》な笑みがにじんでいる。

小さな田舎町だ。私があの喫茶店に通っているのを知っている者は多いはずで、そこに略奪《りゃくだつ》愛《あい》などという噂《うわさ》が流れでもしたら、私は町にいられなくなってしまう。話の真偽《しんぎ》など、ここでは問題ではないのだ。

「月に、いくらもらえれば、いいんだ……」

男性教師は満足したふうに、「ありがとうございます」と笑ってみせた。盗人猛々《ぬすっとたけだけ》しいとは、このことである。私は結局その男のために、我が校より給料のよい学校を紹介《しょうかい》し、推薦文《すいせんぶん》まで書いてやるハメになったのだった。


男性教師はあっさり転勤《てんきん》し、略奪愛などという根も葉もない噂を流される心配はなくなった。なのに、気持ちが落ち着かないのは、不安要素が一つなくなったところで、あとからあとから湧《わ》いて出てくることを知っているからだ。

「教頭、大変です！　橋のところで我が校の生徒が……！」

脂汗《あぶらあせ》を浮《う》かべた美術の教師がそんな報《しら》せを運んできて、嫌《いや》な予感にめまいがした。美術教師に続いて学校を飛び出し、現場になっているという川原に向かう。なんの現場になっているのかは、たどり着く前から喧噪《けんそう》が聞こえてきていたのでわかった。

我が校の生徒と他校の生徒が乱闘《らんとう》を繰《く》り広げていた。それだけでも頭の痛いことだったが、騒《さわ》ぎの中に知った大人《おとな》の顔を見つけて、いっそう痛みが増した。

生徒たちと一緒《いっしょ》になって暴れているその男は、あの粗暴《そぼう》で野卑《やひ》な新任教師だった。

「何をしているんだ！」

もつれあう生徒たちに向かって叫《さけ》んだのか、新任教師に向かって叫んだのか、自分でもよくわからなかった。しかし幸いにして、私の怒鳴《どな》り声《ごえ》が効《き》いたのか、暴れていた生徒たちの温度が急に下がったようで、ちりぢりに走って逃《に》げてゆく。特定の誰《だれ》かを追いかけて事情を聞くだけの気力が、今はなかった。

「先生方……あなたたちまで一緒になって、何をしているんですか」

生徒たちに埋《う》もれて最初はわからなかったが、現場にはもう一人、我が校の教師がいた。新任教師と同じく数学の教師だ。担当《たんとう》科目が同じだから、教育係にいいだろうと思って、新任教師の指導を任《まか》せた。暴力事件を一緒に起こせと指示した覚えはない。

「すみません……。偶然《ぐうぜん》、我が校の生徒と他校の生徒がケンカしているところに通りかかったもので、なんとか止めようとしたのですが、力およばず……」

数学教師がしおれる。仲裁《ちゅうさい》しようとしたものの、力がおよばなかったという主張らしいが、それをうのみにして、はいそうですかと収《おさ》めるわけにはいかない事案だ。世の中には、けじめをつけるという考え方がある。

関係各所に頭を下げてまわる日々が続いた。ケンカ相手になった学校、怪我《けが》をした生徒の家々、騒動《そうどう》があった近所の民家……。

結果的に、新任教師は赴任《ふにん》してまだ日が浅く、教師としても未熟《みじゅく》であることを考慮《こうりょ》して厳重《げんじゅう》注意にとどまったが、もう一人の古参の数学教師は、そうはいかなかった。私としても気分のいいものではなかったが、彼には懲戒《ちょうかい》免職《めんしょく》を言《い》い渡《わた》すしかなかったのだ。

「教頭も大変ですよね。今回のことは、本当にお疲《つか》れさまでした」

勤務《きんむ》後に酒を飲みながら、あのときケンカが起きていることを報《しら》せに走ってきた美術教師が軽く頭を下げる。ああ、と手でそれに応じて、彼が本当に言いたいことを言えるよう水を向ける。

「それより、相談というのは？」

「ああ、それなんですがね！」

相談があると言うので、こうして勤務後に時間を作ったのだ。どうやら、ずいぶん不満がたまっているようだったので、それを発散させるために連れてきた彼好みの店だが……どうも私は、こういう店はあまり好かない。

「あら、先生方。あまりお酒、進んでないじゃないですか？」

「もっと飲みましょうよー」

若い女性が隣《となり》からしなだれかかってくる。美術教師は鼻の下を伸《の》ばしているが、私は肩が凝《こ》る思いだ。酒は一人でちびちび飲むに限る。

美術教師の悩《なや》みというのは仕事をしていればよくあるやつで、胸《むね》にたまったものを吐《は》くだけ吐いたら気がすんだらしい。うまくもない酒代《さかだい》がかさんでもおもしろくないので、同じ話題が2巡《じゅん》目に入ったところで切り上げることにした。部下の悩《なや》みに耳を傾《かたむ》けるのも、酒代をもつのも、上司としての務《つと》めなのだろうが、しばらくは、ごめんこうむりたいものである。

らちもないことを思いながら美術教師と連れ立って店を出て、夜道を歩く。シャツのボタンを一つはずし、凝《こ》り固《かた》まった肩《かた》を揉《も》みほぐしながら歩いていたとき、背後から「天罰《てんばつ》だぁ！」という奇声《きせい》が聞こえてきた。

美術教師が先に振《ふ》り返《かえ》った。と思ったら、何かグシャリという音がして、「うわっ！」と声が上がる。声の主《ぬし》は美術教師だった。見ると、手の平でしきりに顔を拭《ぬぐ》っている。粗末《そまつ》な街灯《がいとう》の明かりのなか目を凝《こ》らしてみると、美術教師の顔には何かどろりとしたものと、白い破片《はへん》のようなものが、こびりついていた。

なんだ？　と思ったところに、「くらえっ！」と子どもじみた声が聞こえた。直後、お手玉ほどの大きさの白い何かが美術教師めがけて飛んできて、避《さ》けられなかった彼の鼻面《はなづら》に直撃《ちょくげき》する。唖然《あぜん》としているうちに、私の胸《むね》にも同じものが飛んできた。またしてもグシャリと弾《はじ》けたあと生臭《なまぐさ》さが漂《ただよ》い、暗がりでシャツに触《ふ》れてみると、指先にどろりとした感触《かんしょく》があった。

これは、まさか。

「た、たまご？」

どうやら暗がりから、誰《だれ》かが生卵《なまたまご》を投げつけてきたらしい。誰が？

「覚悟《かくご》しろ！」

先ほど聞こえたのと同じ声だ、と思った次の瞬間には、腹《はら》に体当《たいあ》たりをくらって地面に押《お》し倒《たお》されていた。背中《せなか》をしたたか打ちつけて息が詰《つ》まる。間近《まぢか》に迫《せま》る顔には、嫌《いや》というほど覚えがあった。

「せ、先生？」

それは、東京から来た新任の若い教師であった。

「教頭！　あんた恥《は》ずかしくないのか！　人柱《ひとばしら》みたいに、部下を切《き》り捨《す》てやがって！」

粗暴な手で胸《むな》ぐらをつかまれ、上半身を揺《ゆ》さぶられる。何を言っているのか最初はわからなかったが、揺れる視界《しかい》のなか、新任教師の背後《はいご》にもう一人いるのに気づいて合点《がてん》がいった。先日、懲戒免職《ちょうかいめんしょく》にした数学教師が、おどおどとした表情で立っている。なるほど、人柱というのは彼のことか。まったく、そんな単純《たんじゅん》な話ではないのだが。

隣では美術教師が、顔面をどろどろにしたまま半ベソをかいている。それを見て、新任教師は目を吊《つ》り上《あ》げた。

「さんざん人をコケにしておいて、オマケに、自分は女が酒をついでくれるような店に入りびたってデレデレしているとは、何事だ」

「いや、あれは――」

こちらの話を聞く耳は、もっていないのか。問答無用《もんどうむよう》と言わんばかりに、また胸元に卵が叩《たた》きつけられた。こんどは、2、3個いっぺんにやられたらしい。ああ、新調したシャツが台無しだ。

「天罰《てんばつ》だと思って受け取っておけ、赤シャツ！　これもくれてやる！」

乱暴《らんぼう》に胸ぐらをはなされ、再び地面に背中から倒《たお》れ込《こ》む。最初のように息は詰《つ》まらなかったが、砂《すな》ぼこりが目に入って痛《いた》い。

立ち上がった新任教師が、下駄《げた》をガラガラいわせながら去ってゆく。ひどく重たい身を起こすと、近くにヘタな字で「辞表」と書かれた封書《ふうしょ》がうち捨《す》てられていた。

卵でベタベタになったシャツをつまんで、あの若者が吐《は》き捨《す》てた言葉を思い出す。「赤シャツ」とは、このことか。確かに好んで着ていたが、まさか、私にそんなアダ名がつけられているとは思わなかった。

そういえば、あの新任教師、赴任した初日から横柄《おうへい》な態度をとるばかりで、自分の名前さえ名乗ることもなかった。名字はもちろん聞いたが、下の名はなんといったか。まあ、今さら興味はない。

ヘタな辞表を拾い上げ、シャツにこびりついたどろどろを払《はら》う。いい歳《とし》して、いったい何をしていいるのだろう、彼は。などと、私が気をもんだところで意味はない。

あんな「坊《ぼ》っちゃん」育ちで偉《えら》ぶるばかり、どこに行ったところで、うまくやっていけるはずはないだろうから。

（原案　夏目漱石、翻案　桃戸ハル・橘つばさ）

偽札《にせさつ》

「その角《かど》で停《と》めてください」

後部座席《ざせき》から聞こえてきた声で、タクシーの運転手はブレーキを踏《ふ》んだ。タイヤが小さく鳴いて、夜中の住宅地《じゅうたくち》の端《はし》で止まる。

「４８００円になります」

後部座席を振《ふ》り返《かえ》って初老《しょろう》の運転手が言うと、客の男はコートの内ポケットから財布《さいふ》を取り出した。そうして中から１万円札を１枚《まい》抜《ぬ》き、運転席と助手席の間に差し出す。運転手からお釣《つ》りを受け取った客は、開いたドアから車外に出た。ひょうっ、と冬の風が車内に吹《ふ》き込《こ》み、まだ運転手の指の間にあった１万円札がなびく。

「ん？」

かたい声をこぼしたのは運転手だ。

「お客さん!」

運転手はあわててシートベルトをはずすと車外に飛び出し、タクシーを離《はな》れようとしていた客の肩《かた》に手を伸《の》ばした。肩をつかまれた客が、コートのすそを翻《ひるがえ》しながら、ゆっくり振《ふ》り返る。

「なんでしょう」

「なんでしょう、じゃないでしょ! ふざけてもらっちゃ困《こま》る。これ、コピーで作った偽札じゃないか!!」

右手の人差《ひとさ》し指と中指の間に挟《はさ》んだ1万円札をひらひらさせて、運転手は眉間《みけん》に刻《きざ》んだシワを深くした。街灯《がいとう》に照らされた1万円札に、透《す》かしは入っていなかった。

「紙幣《しへい》の偽造《ぎぞう》は重罪だ。今から警察《けいさつ》に通報するから、とりあえず、車の中に戻《もど》って待ってもらおうか」

運転手はそう言うと、客をタクシーのほうへ引っぱってゆき、車内に押《お》し込《こ》んだ。それから自分は運転席に戻り、すべてのドアにロックをかけてから携帯《けいたい》電話に手を伸《の》ばす。それを見た客はあわてた様子で、「偽札だなんて!」と声を上げた。

「まさか、そんなはず――ああ、そうか、またか……。いや、違《ちが》うんだ」

何事かを口の中でブツブツつぶやいてから、客の男は深いため息をついた。

「運転手さん、聞いてくれ。俺《おれ》は偽札なんか作ってない。誰《だれ》かに罠《わな》にはめられているんだ」

はぁ？　と、眉《まゆ》を片方《かたほう》だけつり上げて、運転手は怪訝《けげん》なまなざしを客に向けた。

「罠って、どういうことだ」

座席に戻《もど》された客は頭を抱《かか》えると、ひどく疲《つか》れた声で話し始めた。

「これでもう何回目か……。俺の知らない間に、誰かが勝手に俺の財布に、偽札を入れているんだ。そうとしか思えない。これまでは、渡《わた》す前に気づいたから何事もなかったけど、このタクシーの中は暗くて、わからなかった……。申《もう》し訳《わけ》ない」

神妙《しんみょう》な表情で素直に頭を下げられ、今の今まで目を三角にしていた運転手は、ひるんだように目をしばたたかせた。

「じゃあ、なんで偽札が財布にあるって気づいたときに、警察に言わないんだ」

「そんなこと、信じてもらえるかわからないじゃないか。さっきのあなたみたいに、おまえが作ったんだろうって言われたらと思うと、怖《こわ》くてね……。だから、偽札はその都度《つど》、燃やしてたんだ。捨《す》てるのも物騒《ぶっそう》だと思って」

でも……と、客がまた深い深いため息をつく。肺《はい》の中にある空気を、すっかり入《い》れ換《か》えようとするかのようだった。

「なぜか、燃やしても燃やしても、いつの間にか偽札は、俺の財布に戻ってるんだ。バカなことだと思うだろう？　俺だって最初は、そう思ったよ」

吐《は》き捨《す》てるように言って、客の男は両手で顔をおおった。嘘《うそ》をついているようには、運転手には見えなかった。

「あんたの言ってることが本当なら、あんたの近くにいる誰かが……家族とか、会社の人間とかが、あんたの財布に偽札を入れてるってことか？」

運転手の問いかけに、しかし、客は弱々しく首を振《ふ》る。

「そう単純《たんじゅん》なことじゃない……もっと謎《なぞ》めいたことなんだ。あんまり頻繁《ひんぱん》に偽札が入ってるもんだから、さすがに異様《いよう》に感じてね。あるとき、家に帰って財布を見たら、また偽札が入っていたんで、そいつをコンロで燃やしてみた。そのあと、財布をテーブルの上に置いて、ずっと観察してたんだ。もちろん、片時《かたとき》も目を離《はな》さずにね。それで、10分後に財布の中を見てみると、案《あん》の定《じょう》と言うべきか、そこに偽札が入ってるんだ」

はぁ……と、先ほどとは温度の違うつぶやきが運転手の口からこぼれた。それが聞こえたのか聞こえなかったのか、乱暴《らんぼう》に頭をかきむしった男の髪《かみ》が乱《みだ》れる。

「俺は目を離さなかったし、誰も俺の財布には指一本、触《ふ》れてない。そもそも俺は独身で、家には誰もいないんだ。いったい誰が、どうやって、俺の財布に偽札を入れてるっていうんだ。なぁ？」

ここで初めて、いらだったように客の男が声を大きくした。しかし、運転手に答えられるはずもない。

「そんなバカなことがあるか」

運転手のため息まじりの一言に、客がようやく顔を上げる。そこには、挑《いど》むような色が浮《う》かんでいた。

「だったら、論《ろん》より証拠《しょうこ》だ。見てろよ」

客の男は語気も荒《あら》くそう言うと、運転手の手から、透《す》かしの入っていない1万円札をさっと抜《ぬ》き取った。さらに、客の男は財布と同じく、コートの内ポケットからライターを取り出す。シュボッ、と軽い音を立てて灯《とも》った火が、1万円札の端《はし》に移る。紙幣《しへい》に宿った小さな火は、なめるように上へと広がっていった。

客の男は後部座席のドアの窓《まど》を開けると、火のついた1万円札を外へと放り出した。地面に落ちた1万円札は、そのままチリチリと燃えてゆく。

「見ろ。1万円札は、もう持ってない」

客は、つっけんどんに言うと、大きく広げた財布を運転手に突《つ》きつけた。財布の中には千円札が数枚《すうまい》と、5千円札が数枚入っているものの、確かに1万円札は見当たらない。間違いないという意味で運転手が軽くうなずくと、客の男は助手席に財布を放り投げた。見ていろと言わんばかりである。運転手にしても、ここまでくれば乗りかかった船だった。

二人とも、一言《ひとこと》もしゃべらないまま、10分が経過した。恐ろしく長い10分だった、と、腕時計を確認《かくにん》しながら運転手は思った。

「10分経《た》ったぞ。財布の中を見るからな」

腕時計《うでどけい》から客の顔へと、運転手が三白眼《さんぱくがん》を向ける。客は目を閉《と》じ、こくりと首を縦《たて》に振《ふ》っただけだった。

運転手は助手席から財布を拾い上げると、そうっと開いた。急に動悸《どうき》がし始めたことに、運転手はとまどった。客の奇妙《きみょう》な話に期待しているのか、恐《おそ》れているのか、気味悪がっているのか。動悸《どうき》の理由は、運転手自身にもわからなかった。

乗り慣れた車だというのに居心地が悪く、それを振《ふ》り払《はら》うように、運転手は1枚1枚、紙幣を数えることにした。

千円札が、まず6枚。続いて5千円札が、2枚。1万円札は——ない。

「おい、どういうことだ」

目を丸くした運転手の口から、裏返《うらがえ》った声がこぼれた。

「1万円なんて入ってないじゃないか。10分経ったら偽札《にせさつ》が出現するんじゃなかったのか？」

どういうことかと詰《つ》め寄《よ》ろうと、運転手が顔を上げたときだった。

客の男が手を伸ばし、運転手の手から財布をすっと取り上げたのである。その顔からは、10分前にはあったはずの疲労《ひろう》やいらだちが、きれいさっぱり消えていた。

「おい、あんた——」

違和感《いわかん》を覚えた運転手が声をかけようとした矢先。

「1万円の偽札？　運転手さん、なんのことを言ってるんですか？」

「……は？」

唐突《とうとつ》な言葉に、運転手の反応はたっぷり3秒遅《おく》れた。

「何って……あんたが言ったんだろう。自分の財布にいつの間にか1万円の偽札が入ってて、燃やしても燃やしても戻《もど》ってくるんだって。それを見せてやるって、あんたが、そう言ったんじゃないか!?」

客の鼻先に指を突《つ》きつけて、運転手は声を高くした。すると、客の男は両方の目をふっと細めて、鼻から息を吐《は》いたのだった。笑われたのだと、運転手が悟《さと》るまで、また3秒の間があった。

「運転手さん、大丈夫《だいじょうぶ》ですか？　お札が勝手に戻ってくるわけないじゃないですか。まさか、酔《よ》っぱらってるんじゃないでしょうね。まぁ、ここまで事故ったわけでもないから、警察には言わないでおいてあげますけど」

運転席と助手席の間に身を乗り出して、客の男が平然と言う。「警察には」と言ったとき、客があえて一音一音、区切ったことが運転手にはわかった。最初、偽札を渡《わた》された直後、「警察に通報する」と言った腹《はら》いせだろうか。

運転手の頭に、かあっと血がのぼる。

「さっきの偽札は、なんだったんだ！　燃やしても戻ってくるだなんて言って！」

運転手が声を荒らげれば荒らげるほど、客の男は目元と口元に浮《う》かべた笑みを狡猾《こうかつ》の色に染《そ》めてゆく。

「またまた、運転手さん。燃やしたものが戻ってくるわけないじゃないですか」

客はあっけらかんとそう言うと、自らの手で後部座席《ざせき》のドアを開けた。外が見える。降《お》りてすぐのところに、灰色《はいいろ》の何かがあった。あの１万円札が燃えて灰になったものだった。こんな状態では、燃える前にそれが本物だったのか偽札だったのか、区別などできるはずがない。

だまされたのだ、と、運転手は再び唇《くちびる》を噛《か》んだ。

いや、渡《わた》されてすぐ偽札であることに気づいたから、本当にだまされたわけではない。気づかなかったら、あのまま運賃《うんちん》を踏《ふ》み倒《たお》されていたのだから、不幸中の幸いだったと言うべきなのだろう。しかし、コケにされた気分は、偽札をつかまされたほうがマシだったかもしれないと感じるほどに大きかった。

「ああ、４８００円でしたっけ」

わざとらしく、思い出したように、客の男が膝《ひざ》を叩《たた》いた。叩いた手を財布に伸《の》ばし、そこから取り出した5千円札を、硬直《こうちょく》しているネクタイピンにそっと挟《はさ》む。

「お釣《つ》りは、とっておいてください」

ニヤリと唇《くちびる》をイビツな三日月形にして言うと、客の男はタクシーを降りていった。先ほどよりも冷たくなった冬の風が、運転手の顔をなでる。

大きくコートを翻《ひるがえ》してタクシーを降りた客が、念を入れるように、外に残っていた灰を踏《ふ》みつぶした。そのまま悠々《ゆうゆう》と去ってゆく背中《せなか》を、運転手は、車内の空気がすっかり冷えきるまで見つめているしかなかった。


（作　桃戸ハル・橘つばさ）

親友

わたしと早紀《さき》は、幼稚園《ようちえん》のころからの友だちだ。そこに今年《ことし》、中学2年のクラス替《が》えで一緒《いっしょ》になった由里子《ゆりこ》を加えた3人で、だいたいいつも一緒にいる。

わたしたちは何でも話せる仲で、アイドルやテレビドラマの好みも完全に一致《いっち》している。そして、それぞれ二人《ふたり》のことを、親友だと思っている。

特に、早紀とは「双子《ふたご》なんじゃないか」と思うほど、好きなものが似《に》ている。買ったものが同じだったり、休みの日に待ち合わせしたら服の色がかぶったりなんて、いつものことだ。

「あ、あんたら靴下《くつした》の柄《がら》が一緒だ」

その日も、由里子にこんなことを指摘《してき》された。早紀の靴下を見ると、ワンポイントで入っているパンダの顔がわたしのと同じだった。

「あーあ、またかぶった」

早紀が楽しそうに笑った。

それは、体育祭を明日にひかえた秋晴れの日の放課後のことだった。いつものようにわたしたち3人は、バスケットボール部の練習の合間《あいま》に、体育館の入口のところで並《なら》んで座《すわ》っておしゃべりしていた。

話の内容は、最初のほうは昨日のお笑い番組についてだった。「なんであのコンビが優勝《ゆうしょう》するんだ、あっちのコンビのほうが絶対に面白《おもしろ》かったのに」とか、「ああいうのって、台本があって最初から誰《だれ》が優勝するか決まっているんでしょ」とか、他愛《たあい》のないことだ。

それから先生の悪口になり、部活の、今日《きょう》休んでいる先輩《せんぱい》の噂《うわさ》になった。なんでも、サッカー部の男子に告白したけど、うまくいかなくて、それで気落ちして寝込《ねこ》んでいるんだとか。

そんな話をしながら、わたしは早紀のほうを見た。というのも、彼女の様子《ようす》が気になったからだ。

「ねえ早紀。大丈夫《だいじょうぶ》？　昼休みくらいから、なんだか具合が悪そうだけど」

すると早紀は、唐突《とうとつ》に――本当はずっといつ言うべきか悩《なや》んでいたのかもしれないけれど、少なくともわたしと由里子には唐突に見えるタイミングで――こんなことを言った。

「……わたし、好きな人がいるの」

「えーっ？」

わたしと由里子は驚《おどろ》いて、思わず大声をあげてしまった。周囲の、他の部活の人たちが何事《なにごと》かとわたしたちを見たので、恥《は》ずかしくなって誤魔化《ごまか》すように笑う。

それから、わたしたちは、顔を寄《よ》せ合《あ》って早紀を質問《しつもん》攻《ぜ》めにした。

「誰？」

「内緒《ないしょ》」

何でも打ち明ける早紀にしては、珍《めずら》しく歯《は》切《ぎ》れが悪い。

「何年生？」

「同学年」

「何組？」

「……それは」

早紀は真《ま》っ赤《か》になって押《お》し黙《だま》る。すぐにピンときて、わたしと由里子は目で合図《あいず》する。

「うちのクラス?」

一瞬《いっしゅん》身をすくめたあと、早紀はゆっくりとうなずいた。

わたしたちはまた、「キャーッ」とかわけのわからない声をあげてしまい、周囲からにらまれてしまった。

なんでも、早紀がその人を気になりだしたのは今年の夏頃《なつごろ》で、教室移動のときに転んで廊下《ろうか》に筆記用具をぶちまけたのを拾《ひろ》ってくれたのが優《やさ》しかったからとか、そんなささいな理由だったそうだ。

最初のころは、好きだと思っていたわけじゃなかったけれど、気づいたらいつも相手を目で追っている自分がいて、つい最近、「どうやら自分は恋《こい》をしているらしい」という自己認識《じこにんしき》にたどり着いたとのことだ。

「それで、相手には早紀の気持ちを伝えたの?」

由里子がせっつくようにたずねる。気が早いって。でもわたしも続く。

「告白したの?」

早紀は、縦《たて》に動いたようにも横に動いたようにも見える動きで首《くび》を振《ふ》った。わたしたちの声がそろう。

「どっち?」

「それが……」

早紀は顔を真っ赤にしてうつむき、つぶやいた。

「今日、伝えようと思って、呼《よ》び出《だ》してあるの」

わたしも由里子も、今度は大声をあげなかった。ビックリしすぎて声がでなかったのだ。代《か》わりに、お互《たが》いに顔を見合わせる。

やっとのことで由里子がたずねた。

「それ、時間は?　大丈夫なの?」

「4時に、教室で待っててって、昼休みに言ったの」

なるほど。昼休みくらいから早紀の体調が悪そうに見えたのはそのためだ。相手にそれを告げてからずっと、早紀は緊張《きんちょう》し通しなのだ。

由里子が体育館の時計を見た。

「4時って、もう少しじゃん。あと15分もないじゃん」

「早く行かなきゃ。部活のほうは、うまく言っておくから、抜《ぬ》け出《だ》して行きなよ」

早紀は力なく首を振《ふ》る。

「……無理。緊張して、吐《は》きそう」

「でも、呼び出しちゃったんなら、もう後には引けないよ」

「そうだよ。行くしかないって」

説得したが、早紀はうつむいたままもう一度首を振ると、ジャージのポケットから何かを取り出した。

それは手紙だった。

「あのね。水希《みずき》、由里子。わたし、面《めん》と向かったら絶対何も言えなくなると思って、手紙を書いたの。これだったら、渡《わた》すだけだし。だから、その……」

早紀はわたしと由里子に深々と頭を下げて言う。

「これ、代わりに渡してきて！」

思わぬお願いに、わたしと由里子は顔を見合わせる。

「……でも、相手が誰か教えてくれなきゃ、渡せないよ？」

「行けばわかるから。この時間に教室に残っている人なんていないよ。……お願い！」

耳まで真っ赤にして懇願《こんがん》する早紀に、わたしたちはうなずくしかなかった。


そういうわけで、わたしと由里子は部活を抜《ぬ》け出《だ》し、放課後の校舎《こうしゃ》に戻《もど》った。この時間まで校舎に残っている人は誰もいなくて、がらんとしている。

早紀によれば、相手は教室の自分の席で待っているはずだという。自分たちの教室の前までたどり着いて、わたしたちはそっとドアから中をうかがった。

そして、お互いに目配《めくば》せした。これは困《こま》ったことになった。

わたしたちの計画では、教室にたった一人残っている男子に向かって手紙を押しつけ、読ませたらそのまま校門のところまで連れて行って、待っている早紀に押しつけて退散《たいさん》するはずだった。

その計画は、いきなり破綻《はたん》した。

誰もいないはずの教室の中には、３人の男子生徒が残っていたのだ。

わたしと由里子は廊下《ろうか》でヒソヒソ声。

「どうする？」

「あの3人のうちの誰かってことだよね？」

「そういうことになるよね」

残っていたのは、浜田《はまだ》と倉島《くらしま》と大城《おおしろ》の3人。

「やっぱり名前を聞いておくべきだったなぁ」

由里子がタメ息をつく。たしかに、これでは誰に手紙を渡したらいいのかわからない。

3人の男子は、それぞれに個性的《こせいてき》といえる面々《めんめん》だった。

窓際《まどぎわ》の席で宿題か何かをやっているのは、サッカー部の浜田。背《せ》が高く、顔立ちも整っており、学校の女子には、彼に憧《あこが》れている子も多い。サワヤカで、学級委員もつとめるくらい面倒《めんどう》見《み》もよく、成績もけっこういい。

由里子が言った。

「可能性は、浜田が一番高いよね」

「そうだけど……」

違《ちが》う男子に目を向ける。視線《しせん》の先にいるのは、美術部の倉島。教室後方の席で、ヘッドホンをつけて音楽を聴《き》いている。彼《かれ》は物静かだが気さくな人物で、男女分けへだてなく誰に対しても優しく接する。音楽や小説などにも詳《くわ》しくて、そのセンスの良さを好いている女子も多いらしい。

由里子が言った。

「倉島のセンも捨《す》てがたいなぁ」

「そうだね……」

そして3人目は、大城という男子だ。自分の席につっぷして居眠《いねむ》りしている。彼はとにかくガタイがいい。1年生のころは、柔道部《じゅうどうぶ》に勧誘《かんゆう》されたりしたらしいが、性格的に争《あらそ》い事《ごと》が好きではないということで断ったらしい。でも、きっと柔道着がよく似合《にあ》うだろう。ずんぐりしていて、坊主頭《ぼうずあたま》で、性格もそれに似てぶっきらぼうだ。かっこいいというイメージではない。

由里子が言った。

「大城はないかなぁ。わかんないけど」

「……うん」

しかし、由里子には黙《だま》っていたが、教室に残っている3人を見たとき、早紀が手紙を渡したい相手が誰なのか、わたしにはわかっていた。

由里子が腕《うで》を組んで首を傾《かし》げた。

「これじゃわかんないね。どうする？　一度戻って、早紀に確認《かくにん》しよっか」

「そんなに時間はないよ。もう約束の時間だもん。変に待たせて帰っちゃったら、手紙も渡せないわ」

「でも、違う相手に渡しちゃったら、笑い話にもならないじゃん」

たしかに、間違って渡すわけにはいかない。でも、さっきわたしは自分で言ったじゃないか。ここまできたら、手紙を渡さないわけにはいかない。

わたしは意を決した。

「由里子、あとは任《まか》せたよ！」

由里子に言って、早紀から預かった手紙を押しつける。

そして、教室の中にズカズカと入っていって、勉強をしている浜田と音楽を聴いている倉島に声をかけた。

「ごめん、男子。ちょっと荷物運び手伝ってほしいんだけど。先生に頼《たの》まれてさ」

呼ばれた二人は顔を上げると、両手を合わせてお願いするわたしを見て、面倒臭《めんどうくさ》そうにしながらも立ち上がってくれた。

次に、由里子にそれとなく視線を送って言う。

「大城は寝《ね》ているからいいや」

こうして二人の男子を引き連れて、わたしは教室を出るとスタスタと廊下《ろうか》を歩き出した。

由里子、あとはよろしく。胸《むね》の中でそう祈《いの》りながら。


20分ほど過《す》ぎた頃《ころ》。校門のところに行くと、早紀と由里子が待っていてくれた。

「あ、水希。やっと戻ってきた」

二人が駆《か》け寄《よ》ってきて、由里子がたずねた。

「あの二人は？」

「うん。適当にごまかした」

実際には、社会科準備室のあたりまで連れていったところで、首を傾《かし》げて、「あれ？　先生いない。もう用事済《す》んじゃったのかな。ごめん」なんて、わざとらしい小芝居《こしばい》をしてうやむやにしたのだが。浜田も倉島も不思議《ふしぎ》そうな顔をしつつも、文句《もんく》も言わず教室に帰っていった。

わたしは、由里子に質問を返す。

「そっちの具合は？」

「うん。大城に手紙を渡して、読ませた。返事は少し考えさせてくれって。でも、ちゃんと本人に返事するっていう約束はしたよ」

「そう。ならよかった」

わたしは胸《むね》をなで下ろした。きっと早紀なら大丈夫だろう。かわいいし、人あたりもいいし、ちょっと臆病《おくびょう》だけど、いざというときはしっかり者だ。

由里子が、指先を口元に当て、ふと思い出したようにわたしを見た。

「でも、水希。どうして早紀の手紙の相手が、大城だってわかったの？」

わたしは肩《かた》をすくめる。答えは簡単《かんたん》だ。ちらりと早紀を見ると、彼女はすっと目をそらした。

きっと早紀は、大城のぶっきらぼうなのに、ふとした瞬間《しゅんかん》に見せる優しさに気づき、しだいに彼のことが好きになっていったのだろう。

そう——わたしと同じように。

早紀とわたしは幼稚園のころから一緒にいて、もう双子なんじゃないかってくらいに好きなものが似ている。

でも、わたしは大城に気持ちを伝えるどころか、呼び出す勇気さえなかった。それに比べて早紀は勇気を出した。だからわたしは、早紀に協力することにした。

このことは、絶対にわたしだけの秘密《ひみつ》だ。早紀は気づいているかもしれないけれど、わたしはこのことを誰にも言わないつもりだ。

でも、由里子にはなんて答えよう？　実は、それなら校門に来るまでの間に考えてあった。

わたしはそれを口にする。

「親友だからよ」


（作　高木敦史）

夢《ゆめ》の外《そと》で会いましょう

浩平《こうへい》と奏《かなた》の二人暮《ふたりぐ》らしが始まって、3カ月が経つ。広くて寒々しくて仕方なく感じていた部屋も、少しだけ、以前の広さに戻《もど》ってきたように浩平は感じた。

「おとうさん、行くよー」

「はいはい、ちょっと待ってろー」

浩平は会社へ、奏は学校へ、毎朝2人で家を出る。その前に、ダイニングキッチンの片隅《かたすみ》に置いた歌歩《かほ》の写真に「行ってきます、おかあさん」と、二人で手を合わせるのが日課だ。

奏はこの春、小学校に入学したばかり。浩平から見れば、まだまだ母親が必要な年齢《ねんれい》だ。父親と母親、自分に二役《ふたやく》が務《つと》まっているのか自信がもてずにいた浩平に、いつだったか奏は無邪《むじゃ》気《き》に笑《わら》ってこう言った。

「おかあさん、いつもそばにいるから、さみしくないよ」

強くて優《やさ》しい子だ。歌歩に似《に》たんだと思って、少しだけ泣いた。

この子となら、二人でもやっていける。いや、やっていかなくてはいけない。この子のために、自分は今まで以上に強く生きる。奏の優しさを思って日記に書いたその決意を、浩平は毎日、胸《むね》に刻《きざ》んでいる。

ふはぁ、と浩平の口からアクビがもれた。大きな饅頭《まんじゅう》を丸呑《まるの》みできそうな大アクビに、奏が指を向けて歌歩の口調《くちょう》をマネる。

「おかあさんに、しかられちゃうよ。しっかりして！　って」

「そうだな。お空にいるおかあさんに、心配かけちゃダメだな」

浩平は、涙《なみだ》の浮《う》かんでいた目尻《めじり》を下げた。フライパンの上でいい頃合《ころあ》いに焼けたハムエッグを皿《さら》に移して奏に渡《わた》す。最初はハムを焦《こ》がしたり、黄身《きみ》をつぶしたり失敗続きだったが、今ではそこそこ作れるようになった。まだ歌歩にはかなわないにしても。

黄身を崩《くず》してトーストにのせ、次はもう少し半熟《はんじゅく》にしたいなと思いながら、浩平はもう一度アクビをした。体にある感覚は、寝不足《ねぶそく》のときのそれに似《に》ている。昨夜、寝るのが遅《おそ》くなったわけでもないのに妙《みょう》だなと浩平は首を傾《かし》げながら、トーストの最後のひと口を押《お》し込《こ》んだ。

「おい、大丈夫《だいじょうぶ》か。なんか疲《つか》れてるな」

会社で浩平の背中《せなか》を叩《たた》いたのは同期入社の同僚《どうりょう》だった。

「とくに疲れるような覚えはないんだけどなー」

「あんまり、気を張りすぎるなよ。大変だろ？　その……家事とか、育児とかさ」

確かに、と声にこそ出さなかったが、浩平は思わずうなずき返した。

苦痛《くつう》に感じることこそ減《へ》ったが、それでも妻を亡《な》くしたことや、家のこともひとりでこなさなければならない状況《じょうきょう》が、今もストレスになっている可能性はある。

「ありがとう。でも、疲れたとか言ってられないしな」

浩平の言葉を聞いた同僚は、そうか、とつぶやいて仕事に戻《もど》っていった。

疲れたなんて言ってられない。自分で言った言葉を胸の中で繰《く》り返《かえ》し、頰《ほお》を叩《たた》いて浩平は仕事に戻った。

その日の夕食は、奏の希望でハンバーグにした。すると、奏がソースで服を汚《よご》してしまったので、食事終わりについでに風呂《ふろ》へ向かわせることにする。その間に浩平は洗《あら》いものだ。そのあと、明日《あした》の会議資料を確認《かくにん》しなくては。浩平がそんなことを考えていると、風呂場のドアが開《あ》く音がした。

まるで、それを合図《あいず》にしたかのように、浩平の頭の芯《しん》がぐらりと揺《ゆ》れた。え、とつぶやく間《ま》もなく、立ち上がりかけていた足から力が抜《ぬ》け、体重がイスに逆戻《ぎゃくもど》りする。異様な眠気《ねむけ》に襲《おそ》われて浩平は目をこすった。しかし、こするほどに視界《しかい》がぼやけてゆく。

なんだ、これ――……

浩平の意識は、そこで途切《とぎ》れた。

妻を失ったストレス。強がって、ただの疲れと思おうとしていたが、違和感《いわかん》は日に日に浩平の体の中で膨《ふく》らんでいった。突然《とつぜん》の眠気《ねむけ》に襲《おそ》われて、抵抗《ていこう》することができず気を失《うしな》うようにして眠りに落ちてしまうことが続いたのだ。そして翌朝《よくあさ》、ベッドの上で目が覚める。ちゃんとパジャマにも着《き》替《が》えているのだが、着替えた覚えもベッドに身を運んだ覚えも浩平にはない。首を傾げながらベッドから出る朝が3回ほど続いたあるとき、今度はうまく半熟《はんじゅく》にできた目玉焼きを浩平が白ごはんで食べていると、奏がこんなことを言った。

「昨日ね、おかあさんが、おとうさんに『ごめんね』って言ってたよ」

「え？」

昨日？　おかあさんが？　と浩平が細切れにして聞き返すと、そのたびに奏は、うん、うん、と律儀《りちぎ》に首を縦《たて》に振《ふ》った。奏のうしろにあるキャビネットの上には、歌歩の笑顔が咲《さ》いている。

やっぱり、この子も寂《さび》しいんだ。しっかりしているように見えても、まだ小学1年生。母親が恋《こい》しくなるのは当たり前だ。この子を残したまま自分の身に何かあってはいけない。今日は仕事を早めに切り上げて病院に寄ろうと浩平は決めた。

「脳波《のうは》に異常《いじょう》は見つかりませんね」

しかし、医者の診断《しんだん》はさっぱりとしたものだった。やっぱり疲れがたまっているだけなのか。

そう思いながら浩平が帰宅《きたく》すると、すでに玄関《げんかん》には、かかとのところに「かなた」と書かれたスニーカーが転がっていた。優しい子だが、靴《くつ》をそろえるクセはなかなかつかない。「かなた」

の名前を書いた歌歩も、よくあきれ顔でぼやいていたな、と思い出しながら小さなスニーカーをそろえ、浩平は自分の革靴《かわぐつ》を脱《ぬ》いだ。

「ただいまー。奏ぁ、お好み焼き作るから手伝ってー」

はーい、と待ちかねていたような声が奥《おく》から聞こえてきて、浩平は笑みをこぼすのだった。


「異常なし」という医者の言葉を何度も自分に言い聞かせようとしたが、そんな浩平の思いもむなしく疲労感《ひろうかん》は日に日に募《つの》っていった。眠ってもー日の疲れがとれず、朝からアクビが止まらない。それが連日となると、疲労とはべつに、いらだちも蓄積《ちくせき》されてゆく。そんな状態で仕事をして帰ってくると、疲労といらだちがきれいにー日ぶん上乗せされるばかりだった。

「今日もおかあさん、来てくれるかなぁ」

風呂上がりの奏が口にした言葉に、食器を洗っていた手を浩平は止めた。

「昨日の夜ね、ぼく、こわい夢みたんだけど、そしたら、おかあさんが来てくれたの」

最近、奏はよくこういうことを言う。

昨日の夜、おかあさんが本を読んでくれた。おかあさんとお風呂に入った。おかあさんにテストを見せたら、ほめられた。

寂《さび》しいのはわかる。母親が恋しいのも痛《いた》いくらいわかる。最初は浩平も、そっか、そっかと笑みを返しながら聞いていた。母親の話をすることで奏の寂しさや恋しさが埋《う》まるなら、と。

しかし、やがてそれは浩平を追いつめる呪文《じゅもん》になっていった。

おかあさんが、おかあさんが、おかあさんが——おかあさんはもういないって、どうしてわからない。

やっぱり、母親が——歌歩がいないと、だめなのか。俺《おれ》だって、精いっぱい頑張《がんば》ってるのに。

張りつめて震《ふる》え始めた浩平の気持ちを、無邪気《むじゃき》な声がえぐる。

「早く、おかあさん来ないかなぁ」

「いいかげんにしろ!」

浩平の荒《あら》げた声に、奏がすくんだように息をのむ。それでも言葉は止まらなかった。

「おかあさんは死んだんだ!」

一瞬の間《ま》をおいて、「いるもん……」とつぶやいた奏の目に涙《なみだ》が膨《ふく》れ上《あ》がる。「いるもん……」と、次の一言でまつげを乗り越《こ》えた雫《しずく》が、湯上がりの赤い頬《ほお》を滑《すべ》り落《お》ちた。

「おかあさんは、近くにいるもん！　会いにきてくれるもん！」

悲鳴を上げるように叫《さけ》んだ奏が、そのまま自分の部屋に駆《か》け込《こ》んでゆく。父親として、大人として、すぐに謝《あやま》りにいくべきだということは頭ではわかったが、浩平の足はどうしても子どもも部屋に向かなかった。

やはり、父子家庭は難しいのかもしれない。

気づけば日記にそう走り書きして、風呂にも入らずベッドに倒《たお》れ込んでいた。それは自然に訪《おとず》れた眠りだったのか、いつものように意識がなくなっただけなのか、よくわからなかった。


次の日、目を覚ました瞬間《しゅんかん》に浩平を襲《おそ》ったのは、激《はげ》しい後悔《こうかい》だった。どんな事情があったにしても、親を亡くして寂しがっている子どもにあんな言葉をぶつけていい理由にはならない。

幸《さいわ》い、今日は土曜日だ。奏に謝って、お詫《わ》びにどこか行きたいところへ連れていってやろう。

そう考えてベッドを出た浩平の目に、机の上にある日記がとまった。昨夜、書き殴《なぐ》ったページが開かれたままになっている。何気なく目を向けた浩平は、ん？　と声をもらしていた。

「父子家庭は難しいのかもしれない」。昨夜書いた一行の下に、もう一行、書き足されていたのである。それは、書いた覚えのない一言だった。

――「でも、なんとかなるよ」

覚えはない。覚えはないが、昨夜はかなり頭が混乱《こんらん》していたので、無意識に書いたということもあるかもしれない。そう思うようにして浩平は日記を閉《と》じ、机《つくえ》の引き出しにしまった。

朝食の場で顔を合わせても、奏は無言だった。牛乳《ぎゅうにゅう》をかけたシリアルを、もくもくと口に運んでいる。

「奏……昨夜《ゆうべ》は、ごめんな」

浩平が控《ひか》えめの声で謝っても、奏は聞こえなかったかのように食事する手を止めない。

「おとうさん、昨日はどうかしてたんだ。ほんと、ごめん。許して、くれないかな……。お詫《わ》びに今日は、奏の行きたいところに行こう。おとうさん、なんでも付き合うから」

スプーンと器《うつわ》のぶつかりあう小さな音が、しばらくしてからようやく止まる。

「……えん」

「え？」

「動物園、行きたい」

安堵《あんど》のあまり、浩平のほうが子どものように、「よっし！」と声を上げていた。

奏は楽しそうに、動物たちの檻《おり》から檻へと走り回っていた。けれど、機嫌《きげん》はまだ直っていないのだろう。先ほどから、ちょくちょく、おそらくわざと言い間違えて話しかけてくるのだ。

「おかあさんも、早く！　ほら、チーターがいる！」

「おかあさんじゃなくて、おとうさんだろ？」

苦笑《くしょう》まじりに浩平が訂正《ていせい》しても、奏はけろりとした表情で言い返すばかりだ。

「もう、どっちでもいいからさぁ」

そして奏は、チーターの檻へ走り出す。そのまま、ぴったりと檻にはりついた息子の後《うし》ろ姿《すがた》を見つめていた浩平の頭に、ふいに違和感《いわかん》が生まれた。何か大事なものを見たような……あるいは、今まで大事なものを見落としていたような。

そして突然、ほとんどひらめくように気づいた。

奏のスニーカーのかかとに、マジックで書かれた「かなた」の文字。あれを書いたのは妻の歌歩だ。そして今朝、日記に見つけた書いた覚えのない「なんとかなるよ」の文字。

「かなた」の「か」と「な」と、写しとったようにそっくりだった。

かなた、と、考える前に口が動いて、それに息子が振《ふ》り返《かえ》る。奏のもとに走《はし》り寄《よ》った浩平はまだ薄《うす》い肩《かた》を両手でつかみ、妻によく似《に》て目尻《めじり》の下がった瞳《ひとみ》をのぞき込んだ。

「おかあさんは、どこにいるの？　いつも、どこから奏に会いにきた？」

何度か瞬《まばた》きをしてから奏は、ここだよ、と言った。

鉛筆《えんぴつ》のように細くておぼつかない指は、けれどもしっかりと浩平の胸《むね》を指していた。


家に帰って見返した日記の「なんとかなるよ」は、見れば見るほどに歌歩の筆跡《ひっせき》だった。やはり、歌歩は近くにいるのだ。話しぶりからすれば奏は何度も歌歩に会っている。なのに、どうして自分の前には現《あらわ》れてくれないのだろう。妻の文字を浩平が指先でなぞったとき、開けたままだった扉《とびら》からパジャマ姿の奏が入ってきた。

「ねえ、絵本読んで」

「ん、いいよ。どれ読む？」

浩平が日記を閉じて向き直ると、ふるふると奏は首を横に振った。

「おとうさんじゃなくて、おかあさんがいい」

え、とつぶやく前に、ぐらんと浩平の世界が回った。平衡感覚《へいこうかんかく》がなくなって、とっさに体を支《ささ》えようと机《つくえ》についた手が日記を弾《はじ》き落《お》とす。

——ごめんね、こうくん。

薄《うす》れゆく意識のなかで、声が聞こえた。ちょうど昼間、奏に指されたところだった。

ああ、そうか。そうだったのか——歌歩。

浩平は悟《さと》った。直後、見透《みす》かしたように視界《しかい》が闇《やみ》に落ちた。

会いたい会いたい会いたい会いたい……。浩平の痛切《つうせつ》な言葉が日記を埋《う》め尽《つ》くす。その合間《あいま》にひっそり紛《まぎ》れる別人の文字が、血のにじむような浩平の言葉に寄《よ》り添《そ》っていた。

ごめんね。私も会いたい。けど、こうくんがいるときには、私は出てこられないみたいなの。

ごめんなさい。——大好き。

歌歩……とつぶやいた浩平のアゴの先から涙が滴《したた》る。

あんまりだ、こんなの。文字だけでは足りない。言葉で直接、伝えたいことがたくさんあるのに――きみがいなくなって、どんなに寂しいか。この短い間に奏が、どれほど成長したか。どれだけ不安ななかで、それでもきみを想いながら過ごしているのか――なのに、どうして奏に許されて、自分だけは許されないのか。自分はそんなに、悪いことをしてきただろうか。

いくら考えても答えの出ない問いに、また目頭《めがしら》が熱くなる。そのとき、キィ、と扉の押し開けられる音がして浩平は目を上げた。気づけばまっくらになっていた部屋の外、やたらとまぶしい廊下《ろうか》の明かりに奏が立って、浩平のいるほうをのぞいている。その小さな唇《くちびる》が待ちかねたように呼んだ。

「おかあさん、いる?」

「ああ……ちょっと待って、今かわるから」

イスに座《すわ》ったまま、浩平は奏に体を向けた。そして胸に手を当てたところで、ふと動きを止める。こんなことを奏に言っても、仕方がないとわかっている。それでも、求める言葉は止まらなかった。

「奏……おとうさんも、おかあさんに会いたいよ」

奏が見ていることも気にせず、浩平は泣き続けた。奏が困《こま》ったように、眉《まゆ》を八の字にする。

これ以上、幼い息子を困らせてはいけない。浩平は手《て》の平《ひら》を握《にぎ》り締《し》め、とん、とん、と拳《こぶし》で軽く胸を叩いた。それが交代の合図になって、世界が回り始める。

閉じていた目を開いた浩平に、奏は駆け寄って抱《だ》きついた。

「おかあさん！」

「奏……今日もいい子にしてた？」

浩平の手が、奏の頭をそっとなでる。うん、とうなずいた奏だったが、その顔に笑みはない。

「おかあさん……おとうさん、泣いてた……」

「うん……でも、だいじょうぶよ。おとうさんは、だいじょうぶ」

言い聞かせるように繰り返す。崩れそうになる気持ちを、そうしていないと支えられない。

「それより、髪が乾いてないわ。風邪《かぜ》ひいちゃうってたのに」

奏の髪をなでながら、浩平は——歌歩は、わざと明るい声を出した。

それでも、切ない笑みの浮かんだ頬には、乾きようのない涙の跡《あと》が残っていた。

（作　橘つばさ）

そのときまで

どこにでもいる平凡《へいぼん》な高校生だと、自分では思っていた。

公立の小学校、中学校を卒業し、地元の公立高校へ進学した。市役所で働く両親と同じように、僕《ぼく》もまた、やがては公務員にでもなるのだろう。平凡な人生を歩む、ごく普通《ふつう》の人間、それが僕だと思っていた――あの日までは。


いつもの道を通っていつもの駅へ。数駅の距離《きょり》だったが、学校へは、電車で通っている。朝から、何も変わらない一日が始まろうとしていた。スマホをいじりながらホームで電車を待っていると、いつもと同じ時間の電車がやってくるのが見えた。大きな音を立てて、その車体が近づいてきた瞬間《しゅんかん》。

ドン、という強い衝撃《しょうげき》を背中《せなか》に感じ、あらがう間《ま》もなく、僕はホームから転落した。

何が起こったのかを考える時間もなかった。目の前に迫《せま》り来る電車。転落の痛《いた》みと突然《とつぜん》の恐《きょう》怖《ふ》で、動くこともできない。いや、動けたところで、今さら線路の横まで逃《に》げることなどできないだろう。死を覚悟《かくご》して目をつぶる以外になかった。

しかし、何秒たっても電車は来なかった。恐《おそ》る恐《おそ》るゆっくりと目を開《あ》けると、僕はなぜか、公園に座《すわ》り込《こ》んでいたのだった。

「どうなっているんだ？　僕はたしか…」

あれは夢だったのかと思った、次の瞬間。

「私の声が聞こえるか、少年よ」

突然《とつぜん》、声が聞こえた。耳から聞こえるというより、頭の中に響《ひび》く感じだった。あたりを見回したが、誰《だれ》もいない。どうやら声は、僕だけに聞こえているようだ。

「驚《おどろ》くことはない。私の話を聞いてほしい」

声の主《ぬし》は、自分は未来人だと言った。声は低く、おそらく男性なのだろう。彼によると、そう遠くない未来、人類は、進化しすぎた人工知能との全面戦争に突入《とつにゅう》するのだという。

「人間の知性をはるかに超《こ》えた人工知能は、地球環境《かんきょう》にとって、人間の存在《そんざい》が災《わざわ》いであると判断した。彼らは、我々《われわれ》人類を、滅《ほろ》ぼすことに決めたのだ」

そしてこの僕は、人工知能が送り出すロボット兵《へい》の攻撃《こうげき》に対抗《たいこう》する人類軍にとって、欠かせない人物なのだという。

「君の存在なくして、我々人類の勝利はありえない」

そして次に、声は、力強く言った。

「だから、そのときがくるまで、なにがあろうと、君の命は私たちが守る」


未来の技術とはいえ、未来人が直接、この時代にやってくることはできないらしい。そのかわり、僕を危険《きけん》から遠ざけるために、「存在している座標《ざひょう》の瞬間的な変更《へんこう》」ができるのだそうだ。過去《かこ》の世界を俯瞰《ふかん》し、そこにある物体を、短い距離だけ瞬時に移動させられるのだという。

難《むずか》しいことはわからないが、誰にでもそれができるわけではなく、僕は選ばれた特別な人間なのだそうだ。つまり、危《あぶ》ないとなったら、僕は、その場から助け出してもらうことができるらしい。

ホームからの転落事故が、誰かから命を狙われたものなのか、単なる事故なのかはわからない。しかし、その後も僕は、たびたび命の危険にさらされるような事件や事故に巻《ま》き込《こ》まれた。

ある時は、大型《おおがた》トラックが僕に向かってまっしぐらに走ってきたこともあった。またある時は、ファミレスで大火事《おおかじ》に巻き込まれたりもした。

未来人の声によれば、それらの事故は決して偶然《ぐうぜん》などではなく、人工知能軍が、僕の命を狙《ねら》っているせいだという。

人工知能軍もまた、僕自身を殺すことができるロボット兵のような刺客《しかく》を、この時代に直接送り込むことはできない。そのため、この時代に「干渉《かんしょう》」することで、この僕を亡《な》き者《もの》にしようとしているということだった。

しかし、そうした危機が訪《おとず》れるたび、僕は、僕を守ってくれる未来人の不思議《ふしぎ》な力によって、助けられた。

人工知能が人類を滅ぼすというのなら、今の時点で、開発を止めればよいのではないか。そう考えてもみたが、それは無理だとすぐに気がついた。

交通事故をなくす自動運転技術のため、あるいは、株《かぶ》の取引など経済《けいざい》活動のため、もっと言えば、人間にとってより住みよい世界を求めて、人工知能は、世界的な大企業《だいきぎょう》がしのぎを削《けず》って開発競争をしている。平凡な高校生が「人工知能が人間を滅ぼす」などと言っても、相手にされるはずがない。

しかし、その一方で、命を狙われるたびに、僕は、自分の使命《しめい》を強く感じるようになっていった。銃《じゅう》などの武器の扱《あつか》い方《かた》、サバイバルの方法、どのように人類軍を組織し、率いていくか、残された時間は決して長くないと感じる。

人類の命運は僕にかかっているのだ。人々を率いるため、そして皆《みな》から頼《たよ》られる存在になるためにも、僕はもう、ただの高校生のままではいられない。

高校2年生に進級したばかりのある日、学校からの帰り道の商店街《しょうてんがい》。遠くのほうから、人々の悲鳴が聞こえてきた。逃《に》げまどう人々の中心にいるのはナイフを振《ふ》り回し暴《あば》れる男であった。

危険ドラッグでもやっているのか、表情も動きも完全におかしい。

「どけどけ――――！」

逃げる人々を追いかけるように、ナイフを振り回し、男はまっすぐこちらに向かってきた。

今なら、自分の足で走って逃げられる——そう思ったとき、通《とお》り魔《ま》と僕との間に、黄色い帽《ぼう》子《し》をかぶり、大きなランドセルを背《せ》負《お》った男の子がいるのが見えた。新1年生なのだろう。男の持つナイフは、その子どもに向けられようとしていた。

「危ない！」

僕はとっさに走り出し、男の子をかばった。抱《だ》きかかえて逃げるにはもう遅《おそ》すぎる。ナイフの男はすぐそばまで近づいていた。

だが、きっと大丈夫《だいじょうぶ》。心の片隅《かたすみ》には、今度もまた、あの力が助けてくれるだろうという計算があった。今までと同じように、僕はこの子と一緒《いっしょ》に、どこか安全な場所に飛ばされるか、あるいは通り魔のほうが飛ばされるに違《ちが》いない。

しかし次の瞬間、これまでに感じたことのない強烈《きょうれつ》な痛《いた》みが僕を襲《おそ》った。背中を強く蹴《け》られたのかと思ったが、そうではなかった。学生服の白いシャツがお腹《なか》のほうまで真《ま》っ赤《か》に染《そ》まるのを見て、自分がナイフで刺《さ》されたことを理解した。

きゃーっという誰《だれ》かの悲鳴が聞こえた。そして、今さらながら駆《か》けつけた、大勢《おおぜい》の警察官《けいさつかん》が、男を取《と》り押《お》さえるのが見える。

こんなはずはない。僕がここで死ぬはずがない。だって僕は、人類を守らなくてはいけないんだから。

「どうして……」

か細く漏《も》れた、僕の吐息《といき》のような声に応《こた》えるようにして、耳にあの声が響《ひび》いた。

「人工知能軍の妨害《ぼうがい》によって、私たちには、その子を守ってやることができないんだ」

「その子より、僕のほうが大事だろう。今までだってずっと僕を助けてくれたじゃないか？」

強烈《きょうれつ》な痛《いた》み。息ができない。遠のく意識の中で、僕はつぶやいた。

「そのときまで、何があろうと僕の命は守ってくれるって……」

それに答えるように、声は言った。

「そう、今がまさに、そのときなのだよ。人類を率いて人工知能軍と戦うのは、今、君が助けたその男の子なんだ」


（作　桃戸ハル）

ある避《ひ》暑《しょ》地《ち》の出来事

まだ、それほど人気があるわけではない避《ひ》暑《しょ》地《ち》のリゾートホテルに、一人の作家がやってきた。

「新作を書くために、2ヵ月ほど逗《とう》留《りゅう》したいんだが」

フロントで応対したオーナー支配人は、めったにない長期の客だと内心でおおいに喜んだ。しかもその作家は、気前よく前《まえ》金《きん》で宿《しゅく》泊《はく》費《ひ》を払《はら》うという。「これで足りるだろうか」と言いながら作家がフロントカウンターに置いたのは、厚みのある茶《ちゃ》封《ぶう》筒《とう》だった。支配人が封《ふう》筒《とう》の中を確認すると、そこには、帯でまとめられた１００万円が入っていた。

「執《しっ》筆《ぴつ》に集中したいので、なるたけ静かな部屋を用意していただけるだろうか」

そう言う作家に、支配人はホテルの離《はな》れの鍵《かぎ》を渡《わた》した。食事も、お望みとあれば知人のレストランからいい食材を分けてもらうので、遠《えん》慮《りょ》せずに申しつけてくれるよう付け加える。そして、離れまで作家を案内して本館に戻《もど》りながら、支配人は100万円の重みを思い出して胸《むね》を高鳴らせた。

翌日《よくじつ》、支配人はその100万円をふところに入れ、神妙《しんみょう》なおももちでホテルを出た。


支配人には、妻がいた。30年連《つ》れ添《そ》った大事な妻で、日頃《ひごろ》、口には出さなかったが、彼女のことを支配人は深く愛していた。

その妻が、2年前に病を得た。ほうっておけば命に関わる病で、治療《ちりょう》に必要な薬が驚《おどろ》くほど高額《こうがく》だった。すぐに払《はら》える額《がく》ではなく、支配人は頭を抱《かか》えた。その肩《かた》を優《やさ》しく叩《たた》いて笑いかけてくれたのが、妻の担当医《たんとうい》だった町の医師である。

「治療費は、払えるときに払ってくれればいい。今は、奥《おく》さんの病気を治すことが優先だ」

あのときの恩《おん》を、ようやく返せる。高鳴る胸に封筒を抱えて、支配人は小さな病院を訪れた。

「今まで待っていただき、ありがとうございました。あのときの妻の治療費を、お支払いします」

作家から得た100万円をそっくり医師に差し出して、支配人が頭を下げる。医師はあのときと同じように笑みをたたえた顔で、それを受け取った。

「いいんだ。奥さんさえ元気になってくれればね。本当によかったよ」

医師に何度も何度も頭を下げて、支配人は帰った。

それを笑顔で見送ったあと、医師は手元に残った100万円の封筒を手にして、顔つきを変えた。重みを確かめるように両手で持ち、ほうっとため息をつく。

「これで、やっと……」

そうつぶやいた医師は午後を臨時休診《りんじきゅうしん》にして、足早《あしばや》に病院を出た。


医師には、一人息子《むすこ》がいた。トンビがタカを生んだと言うべきか孝行《こうこう》な息子で、「将来《しょうらい》はオヤジの病院を継《つ》ぐから」と、当然のように言って医学部へ進んだ。

そんな息子に留学《りゅうがく》の話が持ち上がったのが、昨年《さくねん》の秋の終わり。息子は興味をそそられたらしいが、なにせ費用がかさむというので、踏《ふ》ん切《ぎ》りがつかないでいるようだった。父親としても、医者としても、行かせてやりたいと医師は思った。留学先はドイツなので、語学の勉強にも医療技術の勉強にもなる。息子にとって、いい経験になることは間違《まちが》いない。

「費用のことは気にしなくていいから、行ってこい。おまえにとって、必ず役に立つから」

そう言ってやると、息子はやっと心が決まったらしく笑顔を見せてうなずいた。

それから医師は妻とともに金策《きんさく》を講《こう》じた。医者といっても小さな町の町医者で、けっして貯《ちょ》蓄《ちく》が十分なわけではない。実際、留学にかかる費用を試算してみると、だいぶ足《た》りないことがわかった。

いまさら留学させてやれないなどとは言い出せるはずもない。しかし、そうこうしているうちにも、費用の一部を事前に振《ふ》り込《こ》む期日が迫《せま》ってくる。悩《なや》みに悩《なや》んで、それでも息子の将来を最優先《さいゆうせん》に考えた医師は、小さな建設会社の社長をしている親戚《しんせき》に頭を下げることを決めたのだった。

「あのときは、お世話になりました。お借りした100万円、このとおり、お返しします」

ホテルの支配人から得た100万円をそっくり社長に差し出して、医師が頭を下げる。社長は大きな体をイスにどっしりと座《すわ》らせたまま、たいしたことではないという表情でそれを受け取った。

「かまわんよ。君なら返してくれることはわかりきっていたし、何より、君の息子ならワシにとっても親戚《しんせき》だ。こういうときこそ手を取りあわんとな」

慈愛《じあい》あふれる社長の言葉に、医師は深く感謝した。

「何かあったら、またいつでも相談してくれ」と言って医師を見送った社長は、安堵《あんど》の表情を浮《う》かべた。

「きちんと戻《もど》ってきてくれて、よかった。やはり、彼は信頼《しんらい》できる男だ」

そして、受け取った100万円の封筒を手に、社長は金庫の前に立った。封筒を金庫にしまおうとして、しかし、その手をふと止める。

「こういうことは、早いほうがいいか」

そうつぶやいた社長は、クルマのキーを手に、さっそうと社長室を出た。

建設会社の社長は先月、会長である父親を亡《な》くしたばかりだった。急な脳梗塞《のうこうそく》だったうえ、折《お》り悪《あ》しくと言うべきか、良くと言うべきか、会社で大きな契約《けいやく》が決まった直後で、極端《きょくたん》に金のないときだった。しかし、葬儀《そうぎ》は先延《さきの》ばしにできない。会社としても、会長の葬儀を渋《しぶ》っては沽券《こけん》に関わる。できるだけ盛大《せいだい》に執《と》り行《おこな》う必要があった。

しかし、どこから費用を工面《くめん》すればいいのか。金は突然《とつぜん》に湧《わ》きもしなければ降《ふ》ってもこない。以前、余裕《よゆう》があるフリをして親類の医師に１００万円もの大金を貸したが、本当は、そんな余裕などどこにもなかったのだ。

会社を経営しているからこそ、お金の大切さは骨身《ほねみ》にしみて理解している。そのしみる痛《いた》みをごまかすように、社長はまっさきにお悔《く》やみを言いに来てくれた幼《おさな》なじみを家に上《あ》げて、苦しい胸のうちを明かした。

その幼なじみは国立大学で考古学の教授をしていた。進む道こそ異《こと》なるが、物心《ものごころ》ついたときから一緒《いっしょ》にいた竹馬《ちくば》の友《とも》である。社長という身分では、弱音《よわね》を吐《は》くところが限られる。教授は社長にとって、数少ない気心《きごころ》を許せる人間なのだった。

そして、社長は恥《はじ》を忍《しの》んで幼なじみに頼《たの》みこんだ。教授は、ふかしていたタバコを揉《も》み消《け》し、

「いくらあればいい？」と、なんでもないふうに尋《たず》ね、お金を工面してくれたのだった。

あれから、およそ１ヵ月になる。

「いや、本当に助かったよ。ありがとう」

医師から得た１００万円をそっくり幼なじみに差し出して、社長が頭を下げる。教授はメガ

ネを押《お》し上げて、中身を確かめることもなく、信頼しきっている様子で封筒《ふうとう》を受け取った。

「水くさいこと言うなよ、俺《おれ》とお前の仲なんだから。文字どおり、同じ釜《かま》のメシを食った仲じゃないか。それに、お前のオヤジさんには、俺だって世話になったからな。ガキのころ、よくどやしつけられた。そのおかげで今があるようにも思うんだ。少しでも供養《くよう》になったなら、俺も嬉《うれ》しいよ」

変わらぬ友情に熱くなった目頭《めがしら》を隠《かく》すため、社長は幼なじみを抱《だ》き締《し》めた。教授もまた幼なじみの気持ちを知り、その背中《せなか》をとんとんと叩《たた》いて送り出した。

社長が「また飲もう」と言い残して帰ったあと、教授は戻ってきた100万円を手に時計をちらりと見た。遅《おそ》い時間ではなかったが、飲食店はまだ忙《いそが》しい頃合《ころあ》いだろう。

「明日にしたほうが、よさそうだな」

そうつぶやいて、教授は封筒を愛用のカバンにしまった。明日、大学へ行く前に、人生最大の借りを返そうと決めた。

教授には、孫娘《まごむすめ》がいた。目に入れても痛《いた》くないほどかわいがっており、娘夫婦に苦笑《くしょう》されることもしばしばだったが、かまわなかった。孫娘は教授にとって、まさに生きる希望だったのである。

その孫娘が恋《こい》をした。いつまでも子どものように思っていたが、考えれば、年頃《としごろ》はとうに迎《むか》えていたのだ。自分が完全に「じじバカ」になっていたことを苦笑しながら、それでも教授は孫娘の恋をあたたかく見守ることにした。これも「じじバカ」かと、また苦笑が込《こ》み上《あ》げた。

祖父の思いが通じたというわけでもないだろうが、孫娘はその恋人との結婚《けっこん》を決めたと報告してきた。誰《だれ》よりも祝福《しゅくふく》できる自信が、教授にはあった。

孫娘は、「結婚式をこの町で挙《あ》げたい」と言った。自分が生まれ育ったこの町には思い出も、お世話になった人もたくさんいるから、と。だから、ここで祝福してもらいたいのだ、と。

もちろん教授は賛成して、友人知人にも式のことを話してまわった。孫娘の新たな門出《かどで》を、みんなに祝福してもらいたかった。式は海辺の小さな教会で挙げることに決まり、披露宴《ひろうえん》も、そこから程近《ほどちか》いオーシャンビューのレストランバーを貸し切ることになった。

すべてが順調に運んでいた。希望にあふれる二人を乗せた気球が、空高く舞《ま》い上《あ》がろうとしているところだった。しかし、その気球に大きな穴《あな》があく事態が起きた。新郎《しんろう》の勤《つと》めている会社が倒産《とうさん》してしまったのである。

新郎は結婚費用を捻出《ねんしゅつ》できなくなり、結婚式も披露宴もなしにしようという話になった。もしや結婚すること自体やめてしまうのかと教授は思ったが、「わたしは、ずっとあの人を支えていくって決めたから」と、孫娘の決意はかたいようだった。

サギのような話だが、孫娘がそこまで想いをそそぐ相手ならと、教授は新郎を信じることにした。すると今度は、何日も何日も悩んでようやく決めたウエディングドレスが着られず、町の人たちに報告もできなくなった孫娘が、かわいそうになってきた。まわりに気をつかわせまいと明るくふるまってはいたが、落ちこんでいることは目に見えてわかったので、なおさら不《ふ》憫《びん》に見えてしまう。

かわいい孫娘の願《ねが》いを叶《かな》えてやりたい。それに教授も、孫娘の一生に一度の晴《は》れ姿《すがた》を見たいと思った。だったら、自分が援助《えんじょ》をしてやればいいだけの話だ。

考古学の研究以上に明確な答えを見つけた教授は、さっそく貯金を確認《かくにん》した。しかし、必要な額には大きく届《とど》かない。それでも教授は、かわいい孫娘の願いを叶えてやりたい一心で、披露宴会場に決まったレストランバーに、こっそり相談しにいったのだ。

レストランバーのオーナーは、まだ40歳《さい》にもならない男だった。教授からすれば自分の娘よりも若い「若者」だったが、経営者たる自信と度量を備《そな》えていることは話していればわかる。そんなオーナーに、教授は包《つつ》み隠《かく》さず胸の内《うち》を明かした。ここで披露宴をしたいという孫娘の思いは変わらないし、自分としてもそうさせてやりたいが、結婚式とあわせるとかなりの費用になってしまって、どうすれば抑《おさ》えられるのか悩《なや》んでいる、と。

するると、清潔に整えたあごひげをなでて、オーナーは言ったのだ。

「でしたら、こうしましょう。ウチへのお支払《しはら》いは、すぐにでなくて結構です。じつは僕《ぼく》も、お孫さんの思いに感銘《かんめい》を受けた一人でして……。思い出のあるこの町で、お世話になった人たちのために、披露宴をしたいだなんて、素敵じゃないですか。その会場にウチを選んでいただけて、本当に嬉《うれ》しく思っているんです。ですから、僕にも祝福させてください」

「しかし、おたくも商売だろう」

とまどう教授に、オーナーはにんまりと笑ってみせた。

「ええ。ですから、たくさんいらっしゃる参列者のみなさんにウチの料理をたっぷり味わっていただいて、新規のお客さまを開拓《かいたく》させていただきますよ」

オーナーの心遣《こころづか》いが、教授の胸をあたたかく満たした。そうして、孫娘には内緒《ないしょ》で、教授は若きオーナーの優しさに甘《あま》えることにしたのだった。

「半年もお待たせしてしまって、申《もう》し訳《わけ》なかった。孫のために、本当にありがとうございました」

朝一番。社長から得た100万円をそっくりオーナーに差し出して、教授が頭を下げる。オーナーは、「いえいえそんな」と首を横に振《ふ》ってから、丁寧《ていねい》に両手で封筒を受け取った。

「お礼を申し上げるのは、僕もです。一緒にお祝いすることができて、本当によかった」

「お客の新規開拓はできましたか？」

「ええ、それはもう。おかげさまでね」

教授の言葉を受けたオーナーが、いたずらっぽい笑みを浮かべる。やはり人格者だなと、教授は再び頭の下がる思いがした。

「また、ご家族で食べにいらしてください。おいしい食材を仕入れておきます」

オーナーはそう言って教授を見送り、厨房《ちゅうぼう》に向かった。今日の仕入れ状況《じょうきょう》から、ランチのメニューを決めて看板《かんばん》を出さなければならない。時計を見やって、再びひげをなでる。

「さあ、どうしたもんかな」

ホテルの朝。今日も支配人はフロントで、細々とした仕事を片《かた》づけていた。そこに、例の作家がスリッパをパタパタさせながら、浴衣姿《ゆかたすがた》でやってきた。

「おはようございます。ご朝食は、お口に合いましたか？」

しかし支配人の問いに、作家は「あぁ」と上《うわ》の空《そら》で返した。作家の表情がかたいことに気づいた支配人が目を細める。

「どうかなさいましたか？　お顔の色が、あまり……」

「じつは……」

フロントカウンターに腕《うで》を置き、作家が疲弊《ひへい》した顔でため息をつく。

「母が倒《たお》れたと、連絡《れんらく》があったんだ。心臓《しんぞう》に持病《じびょう》があってね……。命に別状はなかったんだが、倒れたときに脚《あし》を折ったらしいんだ。もうすぐ90になるし、もしかしたら介護《かいご》が必要になるかもしれない。だから、執筆《しっぴつ》のための逗留《とうりゅう》ができなくなってしまったんだ……」

支配人の顔色が、さっと変わった。しかし、切羽詰《せっぱつ》まっていた作家はそれに気づかなかったらしい。

「申し訳ないんだが、前払いした100万円を返していただけないだろうか。もちろん、1泊《ぱく》分はお支払いする。これから部屋に戻って荷造《にづく》りしてくるので、そうしたらチェックアウトの手続きをお願いしたい」

そう言い置いた作家は浴衣の裾《すそ》を翻《ひるがえ》し、またパタパタと小走りに去っていった。

慌《あわ》てたのは支配人である。昨日、作家から前金で受け取った100万円は、自分の借金を返すために使ってしまった。どうする。誰か銀行にやるか。しかし銀行はこのホテルから遠く、車を使っても往復で30分はかかる。時間にそれだけの余裕があるとは思えなかった。それに、額面《がくめん》的にも急に100万円を用立てるのは難《むずか》しいだろう。

作家に正直《しょうじき》に話そうかとも支配人は考えたが、すぐに首を横に振った。こんなことが明るみに出れば、自分だけでなくホテルの品位を下げることになる。そんなことになっては、お客がどんどん離《はな》れていくだろう。

どうすれば、どうすれば、どうすれば……。

支配人がいよいよ青い顔で頭を抱えたとき——ホテルの自動ドアが開いた。支配人が悄然《しょうぜん》と目を向けると、そこには見知った顔があった。

「おはようございます、支配人。そういえば、もうすぐ連休ですけど、予約の埋《う》まり具合《ぐあい》は、いかがですか？」

「ああ、おかげさまで……」

客商売という宿命のもと、支配人は訪問客《ほうもんきゃく》に、なんとか笑《え》みを作ってみせた。

「ところで、今朝《けさ》はどうしたんです？　仕入れをお願いした食材については、先日お話ししたとおりですが」

「あ、いえ……今日は食材のことではなく、個人的なことで……」

そう言って、訪問客はカバンの中を探《さぐ》った。やがて取り出されたのは、厚みのある封筒だ。

目の前に置かれた封筒を手に取った支配人は、覚えのある重みに手を止めた。それを見た訪問客が、きれいに手入れしたあごひげをなでて、はにかんだような笑みを浮《う》かべる。

「これでやっと、1年前の恩返しができます」

それは、オーシャンビューのレストランバーを経営するオーナーの男だった。

「1年前、母が不治《ふじ》の病にかかったとき、あなたは本当に親身になってくれました。母は、このホテルから見る海の景色《けしき》が大好きだった。最期《さいご》を迎《むか》えるまでの時間を、あの景色を見ながら過ごしたいと母は言い……あなたは、そのわがままを、快《こころよ》く受け入れてくれました。幸せな最期だったと思います。本当に、ありがとうございました。遅くなりましたが、あのときの宿泊代をお支払いします」

封筒の中を、支配人がそうっとのぞく。そこに入っていたのは、帯《おび》も解《と》かれていない100万円の束《たば》だった。

「ああ、ありがとう……ありがとう……」

封筒を握《にぎ》り締《し》める支配人に、「こちらこそ」とオーナーが頭を下げる。

「それじゃあまた、いい食材が入ったら、おすそわけのご連絡を差し上げますね」

「ああ、よろしく頼むよ。本当に、ありがとう」

オーナーが爽《さわ》やかに自動ドアから出ていく。それを見送って、支配人が腹《はら》の底から息を吐いたとき、離れのほうから作家がやってきた。浴衣から洋服に着替《きが》えており、帰《かえ》り支度《じたく》は万全《ばんぜん》といった様子《ようす》だ。

「本当に申し訳ない……。すぐに、チェックアウトを頼めるだろうか」

「はい、ただいま。ではまず、お預かりしたお代金から」

オーナーから受け取ったばかりの100万円を、支配人は、そっくりそのまま作家に渡す。

作家は中身を確かめて納得したようにうなずくと、そこから1泊ぶんの代金を抜《ぬ》いてフロントカウンターに置いた。

「本当に、申し訳ないことをした。だが、あの離れはいいね。気に入ったよ。料理も、じつにうまかった。素材がいいんだね。母が動けるようになったら、戻ってくることにしよう。そのときは、また部屋を用意してもらえるかな」

作家の言葉に、ぐっと熱いものが込み上げてきて、支配人は胸を押《お》さえた。

「もちろんでございます。心より、お待ちしております」

手を振って立ち去る作家を、深々としたお辞儀《じぎ》で支配人は送り出す。

顔を上げたとき、そこには、まっさらな朝がやってきていた。


（作　桃戸ハル・橘つばさ）

鬼《おに》のツノ

「良子《りょうこ》おばちゃん」と、つないだ右手を軽くひっぱられて、私《わたし》は視線《しせん》を落とした。小学2年生になったばかりの雅弘《まさひろ》くんが、父親によく似《に》た丸い目を私に向けてくる。

「これから、どこ行くの？」

「うーん、どこ行こっか。雅弘くん、行きたいところ、ある？」

雅弘くんは、知人の息子《むすこ》だ。ちょっとした理由があって、今日《きょう》は私が預《あず》かることになっている。雅弘くんも私に懐《なつ》いてくれてはいるが、長い時間を一緒《いっしょ》に過《す》ごすのは初めてだ。

お昼はファミリーレストランで、雅弘くんが好きだというハンバーグを食べ、そのあと、オモチャ屋さんに行ったものの何も買わずに出てきた。我《わ》が子《こ》でもないこの子に、私が勝手にオモチャを買《か》い与《あた》えることはできない。雅弘くんは残念《ざんねん》そうにしていたが、おやつにソフトクリームを買ってあげると機嫌《きげん》を直してくれたようだった。罪《つみ》のない子どもはかわいい。

雅弘くんと一緒にソフトクリームを食べ終えたところで、私は途方《とほう》に暮《く》れた。今日の最後の目的地は決めてあるのだが、そこへ行くには、まだ少し時間が早い。だから、雅弘くんの手を引きながら、閑静《かんせい》な住宅地《じゅうたくち》のはずれを、あてもなく歩いている。さて、どうしたものか。

「おに」

そのとき、雅弘くんがぽつりとそうつぶやいた。

「鬼《おに》？」

「あれ」

雅弘くんが道の先を指さす。そこには、くすんだ色の赤い鳥居《とりい》が、ぼうっと立っていた。鳥居のそばには、古びたのぼりが出ていて、そこに「鬼子母神《きしもじん》」と書かれている。

「行ってみようか」

子どもに神社はつまらないかと思ったが、雅弘くんは、うなずき返してきた。

境内《けいだい》に入ると、夕暮《ゆうぐ》れの薄暗《うすぐら》さも手伝って、ひやりとした空気が肌《はだ》をなでた。「寒くない？」と尋《たず》ねると、「へいき」とだけ答えて、雅弘くんが好奇心《こうきしん》たっぷりの目をあたりに向ける。

本当に、あの人に似《に》ている。

そう思ったとき、雅弘くんがまた前方を指さした。

「ねえ、良子おばちゃん。あの字、間違《まちが》ってるよ」

小さな指が懸命《けんめい》に指し示しているのは、やしろの上のほうに書かれてある「鬼子母神」の文字だった。

「本物の『おに』の字にはツノがあるのに、あの字にはついてないよ」

子どもの指摘《してき》に、私は改めて「鬼子母神」の文字を見上げた。

「鬼子母神」の「鬼《おに》」の字には、一画目のてん——ツノがない。何か由来《ゆらい》があったはずだが、とっさには思い出せなかった。それよりも、雅弘くんの年齢《ねんれい》に似合《にあ》わない知識に感心する。

「えらいねぇ、雅弘くん。あんな難《むずか》しい漢字、知ってるんだ」

「お父さんが教えてくれたの。『ももたろう』読んでたときに」

そうだ。雅弘くんの父親は、国語の教師。本を読み聞かせすることや文字を教えることには手を抜《ぬ》きたくない、と、本人が言っていた。それはもう、とても愛《いと》おしそうに。

「ねえ、良子おばちゃん。あの『鬼』の字、間違ってるよね。神社の人に教えてあげたほうがいいのかな」

この健気《けなげ》さが、親には愛おしいのだろう。私には手にすることのできなかった宝物《たからもの》だが、だからこそ、この子の放《はな》つ輝《かがや》きがよく見える。そのまぶしさに、私は思わず目を細めていた。

「あの字はね、間違ってないのよ。あれは、この神社だけの特別な文字だから」

「なんで？　なんで特別なの？『ももたろう』には、ツノのある字が書いてあったよ。お父さんが教えてくれたもん。鬼には頭にツノがあるから、『鬼』っていう字にもツノがあるんだよって」

私は「うーん……」と苦笑《くしょう》しながら、頰《ほお》に手をあてた。

鬼子母神の由来は確かに聞いたことがあるのだが、引き出しにモノがつかえたように思い出すことができない。雅弘くんの「お父さん」なら簡単《かんたん》に答えられただろうか、と、ぼんやり顔を思い出してみるが、彼《かれ》が私に答えを与《あた》えてくれることはなかった。

「ごめんね。良子おばちゃん、忘《わす》れちゃった」

正直にそう答えると、「そっか……」と雅弘くんが丸い目を石畳《いしだたみ》に向ける。

「帰ったら、お父さんに聞いてみよう」

そんなつぶやきを、ふと寂《さび》しい気持ちになって聞いていたときだった。

「鬼子母神の鬼はね、鬼じゃあなくなったから、ツノがないんだよ」

突然《とつぜん》の声に、私は足を止めた。声が聞こえてきたほうに顔を向けると、そこにいた老婦人《ろうふじん》と目が合った。誰《だれ》もいないと思っていたのに、いつからそこにいたのか。白髪《はくはつ》を上品《じょうひん》に結《ゆ》ったその老婦人は杖《つえ》を手に、深い木陰《こかげ》のなか、眠《ねむ》るように鎮座《ちんざ》している石をイスがわりにしていた。

「ぼうやに、ひとつ、お話ししてあげようね」

目尻《めじり》の下がった目を私たちに向け、老婦人は杖の先を、とんと一度だけ地面についた。

「今から、ずぅっと昔、鬼子母神という女の神様がいたの。彼女は、人間の子どもをさらっては食べる、こわーい神様でね。このままじゃいけないと思ったお釈迦様《しゃかさま》が、鬼子母神の子どもを隠《かく》してしまったの。鬼子母神には、５００人の子どもがいてね。特別かわいがっていた５００人目の子どもを、お釈迦様は鬼子母神に内緒《ないしょ》で連れ出してきたんですって。

かわいい我《わ》が子《こ》がいないことに気づいた鬼子母神は、もう大あわて。ひどく取《と》り乱《みだ》して、世界中あちこち探《さが》して回ったんだけど、お釈迦様が隠《かく》しているから簡単《かんたん》には見つからなかったの。

我が子を思って嘆《なげ》き悲しむ鬼子母神を見たお釈迦様は、彼女に、こう言ったそうよ。

『子どもをなくす親の痛《いた》みや苦しみが、これでわかっただろう。５００人もの子どもがいるのに、そのうちのたった一人がいなくなっただけで、おまえはそれだけ悲しんでいる。ならば、たった一人しかいない我が子を失う人間の親の苦しみがどれほどのものか、わかるはずだ。わかったら、人間の子どもをさらって食うのは、もうやめなさい。そうすれば、おまえの５００人目の子どもも、すぐに帰ってくる』とね」

「鬼子母神は、子どもに会えたの？」

雅弘くんの問いかけに、「もちろん」と老女は微笑《ほほえ》みを返した。

「人間の子どもを食べるのはやめると約束《やくそく》した鬼子母神に、お釈迦様は子どもを返したわ。鬼子母神は反省《はんせい》して、そのあとは、人間の安産《あんざん》と子育てを見守る――これは、ぼうやには少し難《むずか》しいかしらね――とてもいい神様になったのよ。だから、鬼子母神の『鬼』の字には、ツノがないの。彼女はもう、怖《こわ》い神様じゃあなく、優《やさ》しい優しい神様になったから」

ふうん、と、雅弘くんが小さなつぶやきを口の中で転がす。老婦人の話を理解したのか、それともまだ難しかったのか、その様子《ようす》だけでは私にはわからなかった。

「それじゃあ」

「あ、はい。ありがとうございました」

ゆっくりと立ち上がった老婦人に頭を下げると、穏《おだ》やかな表情で会釈《えしゃく》を返された。杖《つえ》をつきながら境内を出てゆく曲がった背中《せなか》を見送りながら、ふと考えてしまう。彼女もまた、その背に我が子を負《お》ぶって育ててきたのだろうか、と。

私には見ることのできない夢を背負って生きてきたのだろうか、と。

「ねえねえ、良子おばちゃん」

洋服のすそを引かれて、はっと我《われ》に返《かえ》る。今度こそ、私たち以外に人影《ひとかげ》のない境内《けいだい》に、幼《おさな》い子の高い声はよく響《ひび》いた。

「良子おばちゃんも、ツノ、もってるよね」

え……という、とまどった声が耳に届《とど》いた。自分の口からこぼれたものだったということに気づくまで、ずいぶんと間があった。

「良子おばちゃんの名前にも、ツノがあるでしょ？　でも、良子おばちゃんはすっごく優しいもん。だから、おばちゃんの名前についてるツノも、とっちゃえばいいのに」

ひゅう、っと、ノドが笛《ふえ》のように鳴った。この子は、なんて――なんて優しく、そして残酷《ざんこく》なことを言うのだろう。

「ぼく、良子おばちゃんのこと好きだよ」

その一言に、足の力が抜《ぬ》けた。その場にぺたりとついた膝頭《ひざがしら》に、石畳《いしだたみ》の冷たさがしみる。目線は、子どもと同じ高さだ。こちらを正面から見つめてくる瞳《ひとみ》は、驚《おどろ》くほど、あの人に似ている。あの人と同じ目をするこの子が私の子どもではないという事実が、私は、何よりも悲しいのだ。

「どうしたの、良子おばちゃん。どこか痛《いた》いの？」

何か痛むような顔をしているのだと、子どもの声に気づかされる。痛い。おそらく、人が「心」と呼《よ》ぶところが、とめどなく血を流している痛みだ。

「雅弘くん……ごめんね、雅弘くん……」

私は、目の前にいる他人の子どもを、強く胸《むね》に抱《だ》き寄《よ》せた。肉の薄《うす》い肩口《かたぐち》に顔をうずめ、にじむ涙《なみだ》をこらえようと目を閉《と》じる。

――それは、あまりにも無意味《むいみ》なことだった。

結婚《けっこん》するんだ、と、あの人は言った。私の気持ちは知っていたはずだった。だから、あの人は私から目をそらしたのだ。男の人にしては愛嬌《あいきょう》がありすぎる、まん丸な目を。

彼女のお腹《なか》にはおれの子どもがいるんだ、と、そう言った彼の口調《くちょう》は甘《あま》さと苦《にが》さを同じくらい含《ふく》んでいた。どうしてあなたが、そんな顔をするの？　苦しそうにしていい権利《けんり》は、捨《す》てられる私にあるはずじゃないの？　思った言葉《ことば》は、何ひとつ出てこなかった。「お幸せに」と、せいいっぱいの皮肉《ひにく》をこめて言ってやるつもりが、泣く寸前のように声が震《ふる》えて、ただただ惨《みじ》めさを増しただけだった。

あれから数年。昔のことは忘れたつもりで、私は「友人」として、あの人と接《せっ》するようになった。もちろん奥《おく》さんには何も伝えず、息子《むすこ》の雅弘くんに――本当だったら私の子だったかもしれない子どもに近づいた。あの人にそっくりな目で「良子おばちゃん」と笑いかけられるたび、愛しみと憎《にく》さが2本の糸となって、複雑《ふくざつ》に胸の中で絡《から》み合《あ》った。糸のもつれは時間を追《お》うごとにひどくなり、もう、私の手ではほどくことができない。

だから、こうするしかないのだ。無意味に糸をもつれさせたのは、私。でも、その原因《げんいん》を作ったのは、あの人。だから私は、あの人にその事実を突《つ》きつけて、消える。「鬼子母神」と同じだ。我が子を失えば、こちらの痛みと苦しみが理解できるだろう。

――いいや。鬼は、私だ。お釈迦様のフリをした悪鬼《あっき》は、本当は、私のほう。

「ツノ、とっちゃえばいいのに」と、無邪気《むじゃき》にそう言った雅弘くんの言葉が、ひび割《わ》れた胸に食《く》い込《こ》んでゆく。

私の「良子」という名前からツノをとると、「艮」――「うしとら」という文字になる。丑寅《うしとら》。「鬼門《きもん》」とも呼《よ》ばれるそれは、鬼がやってくる方角《ほうがく》を表す言葉だ。

ツノをとっても、とらなくても、私の中にひそむ鬼は消えない。その鬼が、ずっと耳元でささやいているのだ。憎く思うなら、食らい尽《つ》くしてしまえ、と。

頬《ほお》の涙を手《て》の平《ひら》ではらって、私は顔を上げる。憎いくらいにあの人そっくりな瞳が、一筋《ひとすじ》のにごりもない光をたたえて私を見つめる。

「行こっか、雅弘くん」

手を差し出すと、いたいけな手が握《にぎ》り返してきた。私は鬼だ。痛みを知って改心《かいしん》するのではなく、同じ痛みを返してやろうとしか考えることのできない、本当の鬼なのだ。

心の奥底《おくそこ》で涙を流しながら、私は、最後の目的地を思った。

（作 桃戸ハル・橘つばさ）

隣《となり》までの距離《きょり》

この町を走る単線の電車は、たった4両しかない。東京の電車は10両以上つながっていて、しかもそれが地下を走っているというから、都会と田舎《いなか》の差を感じてしまう。

しかも、この町の駅と駅は、やたらと離《はな》れている。1駅だけの移動でも、電車に10分以上、乗っていなければならない。東京では隣駅まで1分とかからないところもあるという。その距離で駅が必要なのだろうか、と思ってしまうのは僕《ぼく》が田舎者だからなのだろうか。

どうでもいいことを考えていると、窓《まど》の外にキンモクセイの花が流れた。キンモクセイを過ぎると、隣駅まであと1分なのだ。とたんに、鼓動《こどう》が早くなったような気がした。田舎のしょぼくれた鉄道事情にはとっくの昔に慣れたけど、この胸《むね》の感覚には未《いま》だに自分でもとまどってしまう。

キイィ、と甲高《かんだか》い音に続いて、ゴトンッと車両が揺《ゆ》れて止まる。空気を吐《は》き出《だ》すような音とともに開いたドアのむこうから、2、3人の乗客とともに乗ってきたのは、キンモクセイの香《かお》りだ。正確に言うと、キンモクセイの香りをまとった一人の女の子が、同じ車両に乗《の》り込《こ》んできたのだった。

鼓動がもう一段階《だんかい》、ギアを上げる。乗り込んできた女の子は、ちらりと僕に目を向けて、僕が座《すわ》っているのとは反対側の窓際《まどぎわ》のシートに腰《こし》を下《お》ろした。再び空気を吐《は》き出《だ》すような音とともにドアが閉《し》まり、4両編成の田舎列車が重い腰《こし》を上げ、ゆっくり動き始める。

「こんにちは」

小さな鈴《すず》の鳴るようなその声は、いつ聞いてもそわそわする。答える声が上《うわ》ずってしまわないように、最初のころは苦労した。

「こんにちは。すごいね、キンモクセイ」

「ね。もう秋がすぐそこ、って感じね」

こうして、僕と彼女の隣駅までの10分間は始まる。

高校から帰る電車の中で彼女を見かけたのは、春休み明けのある日だった。僕は決まって、4両編成の電車の前から2両目に乗る。シートに座る位置も、いつの間にか決まっていた。

そしてある日、僕の乗る2両目に彼女が乗ってきたのだ。

簡単《かんたん》に言えば、一目惚《ひとめぼ》れだった。

艶《つや》のある黒髪《くろかみ》は肩《かた》より少し長く、毛先のほうだけ軽く波を描《えが》いている。肌《はだ》は白く、近くでまじまじと見たわけではないけれど、長い睫毛《まつげ》をしていた。見覚えのある制服は、僕の通う高校がある町の、ひとつ隣の町にある高校のもの。女子は学年別に胸のリボンの色が違《ちが》っていて、彼女のリボンはえんじ色だから、僕と同じ2年生だとわかった。

彼女がこの電車に乗るのは、I駅だけ。僕が乗る駅の次の駅で乗ってきて、10分後には降りていく。毎日の下校時に訪《おとず》れるその10分を、僕がどれだけ楽しみにするようになったか、彼女はきっと知らない。

気持ちを伝えることなんてできない。僕は存在感《そんざいかん》が薄《うす》い。だから彼女が僕を相手にしてくれることなんてないだろうと思っていた。

それでも僕は、夏が始まるころ、なけなしの勇気を振《ふ》り絞《しぼ》って彼女に話しかけた。応《こた》えてくれるはずがない。そう思いながらも、どこかで期待しながら絞《しぼ》り出《だ》した声は、信じられないことに彼女に届《とど》いた。

驚《おどろ》いたような瞳《ひとみ》が、確かに僕を見つめた。彼女の瞳が僕の姿を映《うつ》したことに、話しかけた僕のほうが驚いてしまった。彼女も僕と同じくらいとまどっていたようで、はじめのころの会話はお互《たが》いに手《て》探《さぐ》り状態だった。それでも、同じ高校生で同い年という共通項《きょうつうこう》があったから、打《う》ち解《と》けるまでに、思っていた以上の時間はかからなかった。と、思う。

共通項といえば、もうひとつ。彼女と僕には意外な共通点があった。それは、ここで出会う少し前に、二人《ふたり》とも失恋《しつれん》したということだった。

「中学から、ずっと好きな先輩《せんぱい》だったの」

膝《ひざ》の上で両手の指先を遊ばせながら、恥《は》ずかしそうに彼女はつぶやいた。

「高校も一緒《いっしょ》になって、嬉《うれ》しくて……でも、この春が先輩の卒業で。卒業しちゃう前に想《おも》いだけでも伝えようって思って、がんばったんだけど」

「けど」のあとに続くであろう言葉を、僕は聞かなかった。かわりに、自分の想いが破れたことを話したのである。彼女のように勇気を出して気持ちを伝えたわけではない。いいなと思っていた女の子にじつは彼氏《かれし》がいて、告白する前にフラれることを確信した、という苦い思いを味わっただけだったのだが、それを話すと彼女は切なさそうに微笑《ほほえ》んで言ったのだ。

「だから出会えたのかもしれないね、わたしたち。失恋して寂《さび》しい気持ちが、引き合ったのかも」

その瞬間《しゅんかん》に、いよいよ本気で僕は恋《こい》に落ちた。それからだ。夕暮《ゆうぐ》れに彼女と10分間だけ共有する時間が、今まで感じたことのないほど、かけがえのないものになったのは。

「――でね、わたしがケガをした手で触《さわ》っちゃったから、コロの毛がまっ赤になっちゃって。白い犬だったのに赤い犬になっちゃって」

「うわー。それ、みんな大騒《おおさわ》ぎだったんじゃない？」

「うん。コロが大怪我《おおけが》した！　って」

「犬が血まみれになってたら、そりゃ驚《おどろ》くよね」

彼女との会話の内容は、本当に何気《なにげ》ないことばかりだ。昔の思い出だったり、最近食べたおいしいものだったり、明日の体育が持久走で憂鬱《ゆううつ》だということだったり。最初のころに比べると、僕もずいぶん気楽に話せるようになった。

けど、彼女の隣に座る勇気はない。電車に乗ってくるのは彼女のほうがあとなので、僕が移動するのもわざとらしい。第一、そんなことをして彼女に嫌《いや》がられたり、手の届かないところへ逃《に》げられたりしたら、立ち直れなくなる。意気地《いくじ》なしと言われるかもしれないけれど、それでも、ようやくマトモに会話ができるようになったこの関係性を僕は壊《こわ》したくないのだ。

結局、今日も彼女との微妙《びみょう》な距離《きょり》を保《たも》ったまま、僕は無難《ぶなん》な話を続ける。

「驚くって言えばさ、ウチの学校にでっかい時計塔《とけいとう》があるんだけど」

「知ってる。けっこう遠くからも見えるよね」

彼女が僕の学校のことを知ってくれている。そんな些細《ささい》なことが、今はこそばゆい。

「あの時計塔、じつは中にハシゴがあって、上れるようになっててね。それを上ってくと文字《もじ》盤《ばん》のところから外に顔が出せるようになってるんだ。そこから顔を出して、先生に見つからないように下りて戻《もど》ってくるのが、度胸試《どきょうだめ》しになってるんだ。僕も1年のころ――」

と、そこで僕は言葉をのんだ。彼女の顔が、見る間に曇《くも》ってゆくのが見えたからだ。リスを思わせる小動物系の顔に似《に》つかわしくない暗がりができる。

「どうしたの？」

血《ち》の気《け》が引いた彼女の顔をのぞき込《こ》むようにして尋《たず》ねる。白い手で両ひじを抱《だ》くようにして、彼女は身を小さくさせた。

「ごめん……わたし、高所恐怖症《こうしょきょうふしょう》で、高いところのことは話を聞くのも苦手《にがて》なの。わたし昔、高いところから落ちたから……」

そう言って彼女の顔色は、ますます青くなる。

「ああ、思い出したら頭が痛《いた》くなってきた……」

ぽつりとこぼした彼女が両手で頭を抱《かか》える。苦しそうな様子《ようす》を見て、僕は後悔《こうかい》した。

「あ、ご、ごめん……イヤな思いをさせたかったワケじゃなくて……。ただ、そういうバカな友だちがいるっていうだけで……」

僕は慌《あわ》てて話題を変えた。かなり無理やりだったけど、時計塔の度胸試《どきょうだめ》しをした友人たちと肝試《きもだめ》しをした話にすり替《か》える。脅《おど》かすつもりで神社の茂《しげ》みに身をひそめていた友人をほったらかしにして、逆ドッキリで驚かせた話に、ようやく彼女は笑みを浮《う》かべてくれた。

「お友だちのこと、大切に思ってるんだね」

正面からそんなことを言われて、一瞬《いっしゅん》、答えにつまってしまう。でも、言いたいことは言っておいたほうがいい。

「まあ、そうかな。学校が好きなのは事実だよ」

「やっぱり。いつも楽しそうにお友だちや学校のこと話すから、大好きなんだなって、すごく伝わってくる」

面と向かってそんなことを言われると、さすがに気恥《きは》ずかしい。彼女の微笑みを注視《ちゅうし》できなくなって、僕は視線を横にずらした。やっぱり、意気地《いくじ》がないと言われても仕方がないかもしれない。

それでも、彼女の瞳《ひとみ》が僕を映して、彼女が僕に向かって笑いかけてくれる。今は、それだけでいいと思ってしまうのだ。たとえ、僕と彼女のいる場所が遠く離《はな》れていたとしても。この先、僕と彼女の距離が一ミリも縮《ちぢ》まらなかったとしても。

キンモクセイは、いつの間にか香らなくなっていた。かわりに鼻先を漂《ただよ》ったのは、湿《しめ》っぽい土のにおいだ。

夕暮《ゆうぐ》れの闇《やみ》が少しだけ深くなった車窓《しゃそう》。無数に浮かび上がった墓石が電車の前進にあわせて次へ次へとうしろに流れてゆく。その速度がゆるやかになったかと思うと、電車がガタタンっと揺《ゆ》れて小さなホームに停車した。窓《まど》から見える駅名表には「嶺福寺《れいふくじ》」と記されている。駅前には、広大な墓地を抱えた同じ名前の寺があって、そこが彼女のかえってゆく場所なのだった。

「それじゃあ、また」

「うん。また明日……」

シートから立ち上がり、開いたドアに向かう彼女に手を振《ふ》り返《かえ》す。彼女が車両を降《お》りたあと、ドアは僕と彼女とを隔《へだ》てるように無機質な音を立てて閉《し》まった。ホームに下《お》り立《た》った彼女が、切なげな表情で振《ふ》り返《かえ》る。こみ上げてくる寂《さび》しさを押《お》し殺《ころ》して、僕は手を振り続けた。

電車が再び走りだし、白い手を振る彼女の姿が、あっという間に闇へ溶《と》けてゆく。もう、いくら目をこらしても、そこに彼女の姿を見つけることはできなくなっていた。墓地とお寺から漂ってくる線香《せんこう》か何かのにおいが、僕を追《お》い払《はら》おうとしているかのように長く残っていた。

僕と彼女が出会うはずはなかった。彼女とは住んでいる世界が違うから、生活がまじりあうことなどあるはずがない。隣駅までの時間が永遠に10分であるのと同じ。隣なのに遠くて、手が届かなくて、けっして縮まることもない、それが、出会ってしまった僕と彼女の距離。永遠に隣にいくことができない、それが僕と彼女に定められた、めぐりあわせなのだ。

彼女と話しながら乗っている10分はとても短いのに、さらに次の駅まで乗る一人だけの10分は、ひどく長い。時間に重さがあるとしたら、これ以上に重い時間は、僕にとってそうそう存《そん》在《ざい》しない。自宅最寄《じたくもよ》りの駅へ電車が近づくにつれ、少しずつ少しずつ時間が重さを増してゆく。

　やがて、電車が停《と》まる。ガタタン、タン。震《ふる》えて開いたドアから、僕は足音も立てずにホームへ下り立った。深まった夕暮《ゆうぐ》れ時《どき》の、間延《まの》びしたホーム。僕の足下には影《かげ》さえ落ちない。駅員のおじさんにひょこりと頭を下げただけで改札を抜《ぬ》け、僕は自宅への道をとぼとぼと歩いた。

　明日も会えるに違いない、けれど会えるだけで近づくことのない彼女の顔が、何度も頭に浮かんで仕方がなかった。

「ただいま」

　玄関《げんかん》から家の中に入ると、鼻先にあたたかいにおいが流れてきた。今夜の献立《こんだて》は、焼き魚と肉じゃがのようだ。

　台所に入っていくと、食卓《しょくたく》にはすでに３人分の食事が用意されている。案《あん》の定《じょう》、僕の好物の肉じゃがと、ほうれん草のおひたしと、今まさにグリルから取り出されたばかりらしい焼きサバが行儀《ぎょうぎ》よく並《なら》べられ、それに背《せ》を向ける形でコンロに向かう母さんが、味噌汁《みそしる》をよそっているところだった。

　３つのお椀《わん》に味噌汁をよそったところで、母さんの目が壁《かべ》にある時計を確認《かくにん》する。

「もうお父さんも帰ってくるわね」

母さんがつぶやいた直後、玄関の扉《とびら》の開く音がした。振り返った母さんの顔に、やっぱりねと言わんばかりの笑みが宿る。「おかえりー」という母さんの声に「ただいまー」と返しながら、台所に父さんが入ってきた。その顔にも笑みが浮かんでいる。似たもの夫婦だ。

「あー、いいにおい。うまそうだ」

「ちょうどいいとこに帰ってきたわ。今、お魚が焼けたところだから、ごはんにしましょ」

ネクタイと、シャツの袖口《そでぐち》のボタンをはずした父さんが食卓につく。母さんが3つの茶碗にごはんをよそい始めたとき、階段《かいだん》を足音が下ってきた。

「お父さん、帰ってきたでしょ。おかえり」

「おう、ただいま」

下りてきたのは僕の妹だ。中学3年の受験生で、「受験勉強にはエネルギーがいるの」と言って、最近、ごはんの盛《も》りがよくなった。

「はい。それじゃあ、いただきます」

「いただきまーす」

母さんと、父さんと、妹が、手を合わせて3人で食事を始める。そこに僕のぶんはない。たぶん母さんのことだから、先に用意してくれたはずだ。

家族には、僕の姿は見えていない。僕の姿が見えるのは、電車で出会う、あの彼女だけだ。なぜ彼女に僕の姿が見えるのかは、わからない。ただ、いつか彼女が言っていた、「寂しい気持ちが引き合ったのかも」という言葉に、少しだけ、すがりたいと思ってしまう。家族のそばにいるのに声が届かない、このやるせなさを埋《う》めたくて。

僕は3人のもとを離れて、ふすまに隔《へだ》てられた隣の部屋に向かう。閉まったふすまを通り抜《ぬ》けてその部屋に入ると、畳《たたみ》のにおいがほのかに香りたった。

そこに、今度こそ線香のにおいがまじる。それと肉じゃが。どちらも、和室の奥《おく》にしつらえられた小さな仏壇《ぶつだん》から漂《ただよ》ってくるにおいだった。

そっと仏壇に近づくと、母さんが供《そな》えてくれたのだろう肉じゃがが、まだ湯気《ゆげ》を立てている。僕が肉じゃがを好きだから、こうしてたまに作ってくれるのだ。その湯気のあたるところに、小さな写真立てが置かれていた。

フレームの中で寂《さび》しそうに笑う僕自身に、僕は、やっぱり寂しく笑いかける。

「あのとき、自転車に乗ったまま車道で転んだりしなかったら、車にひかれなくてすんだのにな」
僕の孤独《こどく》な笑顔は湯気のむこうにかすんでしまって、もう、よく見えなかった。

（作　橘つばさ）

二人の結婚《けっこん》

オシャレなカフェの窓際《まどぎわ》の席に、一組のカップルが案内されてきた。誰《だれ》が見てもうらやむような、美男美女のカップル。男は女のためにイスを引いてやり、女は微笑《ほほえ》みを返してから、優《ゆう》美《び》な動作《どうさ》でそこに座《すわ》る。男は女のことを大切にしており、女もそれをわかって応《こた》えていることがうかがえた。

二人が向かい合って座ったところへ、ウエイトレスが注文をとりにくる。男は女に確認《かくにん》することもなく、「アイスコーヒーとストロベリーミルクを」と注文した。勝手に注文したことで女が文句を言うことはない。男は女の好みを熟知《じゅくち》し、女も男を信頼《しんらい》しているのだろう。

ウエイトレスが立ち去ると、二人はさっそく、おしゃべりを始めた。

「映画《えいが》、おもしろかったわね」

「そうだな。まあ、最後に主人公がもうちょい強引《ごういん》でもよかった気がするけど」

「あら。わたしは素敵《すてき》だと思ったけど。やっぱり、男と女で感じ方が違《ちが》うのかしらね」

「それはあるかもな」

「いいなあ。映画のヒロインみたいに、わたしもあんな素敵《すてき》なプロポーズをされたいわ」

「……それって、オレに言ってる？」

「そう感じるなら、そうなんじゃないかしら」

「それは……オレだって考えてないわけじゃないけどさ……」

「もう……あなた、いっつもそう。わたしたち、付き合ってもう5年よ？　ちっとも早くないと思うんだけど」

男が何かを言おうと口を開いたタイミングで、「お待たせいたしました」とウエイトレスがやってくる。若いウエイトレスは、アイスコーヒーを男の前に、ストロベリーミルクを女の前に置くと、「ごゆっくりどうぞ」と頭を下げて去っていった。

男は、目の前のアイスコーヒーと、女の前のストロベリーミルクを、無言で入《い》れ替《か》えた。二人にとってはよくあることなので、なんでもないふうに入れ替えながら、すでに口を動かしている。

「そりゃあ、結婚《けっこん》を決めるには早すぎるってこともないけどさ。でも、物事には、順序《じゅんじょ》ってものがあるしな」

「そうよ。だから、わたしは、早くあなたのご両親にご挨拶《あいさつ》したいの」

「だから、それをちょっと待ってほしいんだよ」

「どうしてよ。『ちょっと、ちょっと』って、そう言って、もう5年よ？　これだけ付き合ってるのに、お互《たが》いの親に会ったことがないっていうほうが少ないわよ」

「それは一般論《いっぱんろん》だろ？　オレたちがそうである必要はないよ」

「わたしと結婚したくないの？」

「だから、そういうことじゃなくてさ……」

「だったら、どういうことなの？」

ぴしゃりと言って、女がアイスコーヒーのストローに口をつける。ミルクもガムシロップも入れない。

一方の男は、ファンシーなピンク色のストロベリーミルクを太いストローで吸《す》い上《あ》げた。すると、わずかに眉尻《まゆじり》を下げ、女の使わなかったガムシロップに手を伸《の》ばす。とろりとしたガムシロップをストロベリーミルクに落とす男に、コーヒーのグラスを置いた女が詰問《きつもん》する口調《くちょう》で言葉《ことば》を続けた。

「わたしの親に会いたくない理由を、わたしが納得《なっとく》できるように言ってみて」

「会いたくないわけじゃなくて、オレがきみのご両親にいきなり挨拶しにいったら、驚《おどろ》かれるじゃないか。オレの親も同じだよ。ちょっとずつ丁寧《ていねい》に説明するべきなんだ」

「逆よ。こういうことは一気に話したほうがいいに決まってるわ」

「いや、でもさ……」

「年齢《ねんれい》のことだって考えてよ。わたしは子どもだって欲《ほ》しいのよ。あなたとの子どもがね。そのためにも、早く結婚したほうがいいと思わない？」

「待ってよ、子どもって……オレたち、まだそこまで一人前《いちにんまえ》じゃないよ。子どもを育てるには責任がいるんだからさ。オレたちが、もっと一人前になってからでいいんじゃないかな」

「責任感は、子どもが生まれたら自然と芽生《めば》えるわよ」

「それこそ無責任だよ。責任だけじゃない。子育てには、お金もかかるんだ。きみ、そのへんのことも、ちゃんと考えてるのか？　言葉で言うほど簡単《かんたん》じゃないんだよ。軽率《けいそつ》な行動をして、苦労するのはこっちなんだからな？」

「軽率って……わたしがあなたと結婚したいって望むことが、そんなに軽率？」

女の声が初めて震《ふる》えた。音量も一段階《いちだんかい》大きくなったので、その不穏《ふおん》な響《ひび》きを耳にとめたほかの客が、数名、二人に視線《しせん》を走らせた。たしかに、今の女の言葉は修羅場《しゅらば》の気配《けはい》も感じさせる。人の興味を引くには充分《じゅうぶん》だっただろう。男は、あわてた様子で身を乗り出した。

「いや、そういう意味じゃなくて……ただオレは、結婚するなら家族や友だちに祝福《しゅくふく》されて結婚したほうが幸せだと思うんだよ。きみだって、そうだろう？」

「大事なのは、わたしたち二人が幸せになることじゃないの？」

「そりゃそうだけど……」

「まわりの顔色をうかがうほうが大事なのね。わたしのことより」

「どうして、そんな言い方になるの？　オレはきみのことも考えて──」

「だったらどうして、わたしの気持ちを一番に考えてくれないの？　わたしはあなたとずっと一緒にいたいって思ってるだけなのに！」

「オレだってそうだよ」

女がいっそう声を大きくし、男はそれをなだめようと、逆に声をひそめた。

「でも、そのためには考えないといけないことが、たくさんあるだろう？」

「わからないわ……。一緒にいたいっていう気持ちだけじゃ足りない？」

「きみの気持ちは、わかってるつもりだよ。オレだって、きみを愛してる。ずっと一緒にいたいし、幸せにしたい……きみと幸せになりたいと、本気で思ってる」

女が初めて黙《だま》りこむ。男はテーブルの上にあった女の手を優《やさ》しく握《にぎ》ると、子守唄《こもりうた》を歌うように、ゆっくり言葉を重ねた。

「でも、結婚はオレたち二人だけの問題じゃないんだ。家族になるんだから、オレたちの家族にも理解してもらう努力をしないと。家族のおかげで、今のオレたちがあるんじゃないか。オレたちが出会えたのだって、両親がオレたちを産んで育ててくれたからだろ？」

「それは、そうだけど……」

「それに、幸せな結婚をしたほうが、幸せな家庭を築《きず》けると思わないか？」

家庭、という言葉が、閉じかけていた女の心を開いたらしい。ちらりと、長いまつげの隙間《すきま》から、女の瞳《ひとみ》が男を見つめる。言葉の続きをうながされた気がして、男は唇《くちびる》をゆるめた。

「オレだって、きみとの子どもが欲《ほ》しいと思ってるよ。そのためにも、子どもを育てる環境《かんきょう》は大事にしたいし、そうするのが親としての務めだと思う。きみの負担《ふたん》が大きくなりすぎてもいけない。もちろん、オレだって一緒に子育てするわけだけど、でも、オレたちの場合はお互いの親を頼《たよ》らないといけないことも多いだろう。やっぱり、家族との関係は切《き》り離《はな》せないよ」

「……うん」

「わかってくれた？」

「まあ、一理《いちり》あるとは思う……」

「よかった」

「わたしとの結婚がイヤなわけじゃないのね？　ちゃんと考えてくれてるのよね？」

「あたりまえじゃないか。オレはきみのことしか見てないんだから」

ようやく、女の表情がほぐれた。アイスコーヒーに口をつけ、ブラックのほろ苦《にが》さとは真逆《まぎゃく》の甘《あま》い笑《え》みを浮《う》かべる。

「わかった。それじゃあ、タイミングはあなたに任《まか》せるわ」

「ありがとう」

「でも、二人の新居はわたしがコーディネートするから」

「ああ、うん……ピンクが多めになるのは勘弁《かんべん》だけど」

「でも、女の子が生まれたら、ピンクのお洋服を着せたいわ。リボンとか、フリルとか。お化《け》粧《しょう》も教えてあげるんだから」

「おいおい、気が早いよ。……それにしてもさ、もしオレたちに子どもができたら、子どもはオレたちのことをなんて呼《よ》ぶんだろうね」

「そんなの、パパとママに決まってるじゃない」

「きみのことをママって呼ぶの？　でもさ――」

そう言って、男は自分の胸《むね》を指さした。すらりと長く、細い指だった。

「――子どもを産むのは、オレだよ？」

長く細い指にさされた男の胸には、男物のシャツにおおわれてほとんどわからないが、わずかなふくらみがひそんでいる。そのふくらみは、男の口調や凛々《りり》しく端正《たんせい》な顔立ちとは真逆に、男が本来は男ではなく、女であることを証明するものだった。

もともと女として生まれ、女として生きてきた「彼《かれ》」だったが、成長するにつれて心と体が合っていないと感じるようになった。しかし、それは周囲に簡単《かんたん》に打ち明けられる悩《なや》みではなかった。

やがて「彼」は自力で解決できないかと行動を起こした。自分と同じように心と体の不一致《ふいっち》に違和感《いわかん》を覚えている人たちが集まるコミュニティーを見つけだし、仲間を得て相談しようと考えたのである。

そこで、「彼」は「彼女」に出会った。今、目の前で楽しそうに笑っている、たったひとりの「彼女」に。

「彼女」も「彼」と同じだった。もともと男として生まれ、男として生きてきた「彼女」だったが、本当は、ひらひらしたスカートや、ふわふわの髪《かみ》や、きらきら光るアクセサリーを身につけたくて仕方がなかった。

そんなときに「彼女」は、自分と同じような悩みを抱える人たちの集まるコミュニティーがあることを知った。訪《たず》ねるのには勇気がいったが、一度行ってみると、あとは気持ちをわかりあえる仲間ばかりだったので、ようやく自分の居場所を見つけたと思った。

そして、「彼女」は「彼」に出会った。今、目の前で少し困《こま》ったような笑みを浮かべている、たったひとりの「彼」に。

「きみがママで、オレがパパ？　やっぱり、ママはオレで、パパがきみなのかな……」

「ふふっ……べつに、パパとママじゃなくてもいいんじゃない？　わたしたちは、男だとか女だとか関係なく、ひとりの人間として、お互《たが》いを好きになったんだもの」

「そっか……ああ、そうだな」

「子どもができたら、名前で呼んでもらえばいいのよ。どこよりも仲よしの家族になれるわ、きっと」

そう言って、無限の可能性を秘《ひ》めた未来に笑う「彼女」のことを「彼」は誰《だれ》よりも愛《いと》しく思った。そして、幸福な家庭のために真剣《しんけん》なまなざしをする「彼」のことを、「彼女」は何より頼《たの》もしく思うのだった。

（作　桃戸ハル・橘つばさ）

花

花が好きなその女性のために、画家は花の絵を描《か》き続けた。春には川辺《かわべ》で桜の写生を行い、夏になれば太陽に向かって咲《さ》くひまわりを描いた。秋には可憐《かれん》なコスモスを、そして冬の終わりには、春の訪《おとず》れを告げるスノードロップの純白《じゅんぱく》の横顔を描いた。

ただひとりの女性を喜ばせたいという純粋《じゅんすい》な思いだけが、彼《かれ》の創作《そうさく》の原点であった。新しい作品ができあがると、彼は真《ま》っ先《さき》に自宅《じたく》のアトリエに彼女《かのじょ》を招き、少し恥《は》ずかしそうに、その絵を見せた。

二人は、彼がまだ美術大学で絵を学んでいた頃《ころ》に出会った。大きな池のある公園で風景をスケッチしていた彼の絵を、たまたま散歩《さんぽ》に訪《おとず》れた彼女が見たことがきっかけだった。

「すてきな絵ですね」

スケッチの段階《だんかい》だったが、自分の絵をほめられたのは、それが初めてだった。

「ここで見ていてもいいですか？」

大きな瞳《ひとみ》をした女性に話しかけられ、彼はどきどきしながら答えた。

「絵を描くところなんて、見ていてもつまらないですよ」

しかし、女性は、かまわずに彼の後ろにあるベンチに座《すわ》った。

「見ていたいんです」

絵が完成するまで彼女は、彼の後ろに座り、白い紙に浮《う》かび上《あ》がる風景をじっと眺《なが》めていた。

彼の描く絵は、ただ目の前にある光景を切り取るだけでなく、そこに吹《ふ》く風や、光や、池の水のにおいや鳥の声までが描かれているように、彼女には感じられた。


いつしか二人は恋人同士《こいびとどうし》になり、彼は、花が大好きだという彼女のために、花の絵ばかりを描くようになった。

「描きたい作品が他にあるのなら、それを描いてください」

そういう彼女に対して、彼は言った。

「一番描きたいのは、君が喜んでくれる絵だけだよ」

彼は美大を卒業すると、画家としての生活を始めた。貧しかったが、好きな人のために好きな絵を描く毎日に、幸せを感じていた。

やがて、初めて自分の絵をほめてくれた女性は、彼の妻となった。そして、その頃には、彼が描いた花の絵は、多くの人々に愛されるようになっていた。彼は、人気画家となったのだ。

画家は、幸せだった。


やがて二人の間に子どもが生まれた。元気な男の子だった。恋人から妻となり、そして母となった彼女を、画家はますます愛した。芯《しん》が強く、そしていつも前向きで明るい彼女の性格こそが、彼を支《ささ》えてくれていると感じた。

しかし、その子どもが小学校に入った頃、大きな不幸が家族を襲《おそ》った。

突然《とつぜん》の病《やまい》で、妻の目が見えなくなってしまったのだ。「視力《しりょく》が落ちてきた」と感じ始めてから、あっという間に、彼女の目はその機能を失ってしまった。

「なんで彼女がこんな目に遭《あ》わなくてはいけないんだ…」

画家は絵が描けなくなった。

画家が花の絵を描く理由は、好きな人を喜ばせるためだった。だが、その花の絵を、彼女はもう見ることができなくなってしまったからだ。

子どももまた、母親に訪れた不幸を嘆《なげ》いた。ママは、ぼくのことも見えなくなってしまった。ママはお出かけも、お料理も、何もできなくなってしまったと、幼《おさな》い子どもは胸《むね》を痛《いた》めた。

そして、絵を描けなくなった画家は、絵筆《えふで》を置いた。そして、しばらく思《おも》い悩《なや》んでいたが、農業を始めた。


それから3年後。かつて画家であった男は、失明のせいで家から出ることの少なくなった妻を、子どもと一緒《いっしょ》に、ある場所に連れ出した。そこには、イーゼルが立ててあり、その風景を描いたと思われる1枚《まい》の絵が乗せられていた。子どもは、やや怒《おこ》った口調《くちょう》で父親に抗議《こうぎ》した。

「ママはもう目が見えないんだよ。それなのに、こんな場所に来たって意味はないよ」

子どもの言葉に、父親は言った。

「ママは、僕たちが思っているよりも、ずっとずっと強い人なんだよ。何よりもすごいのは、目が見えなくなった自分を、一番最初に受け入れたのは、ママ自身なんだ」

視力が衰《おとろ》え始めたときから、妻は――視力を失う予感があったのか――視力のない人たちがどのようにして生活をしているのかを調べ始めていた。医師に尋《たず》ね、また、視力を失った人に話を聞いたりもした。

それを知った彼は、妻の目の代わりになって生きようとした自分の考えを捨《す》てた。

「代わりに見てあげるのではない。彼女の新しい生き方に寄《よ》り添《そ》うんだ」

妻は、聴覚《ちょうかく》や触覚《しょっかく》、嗅覚《きゅうかく》などの残された感覚を総動員して、昼と夜の違いや、今自分のいる場所や、季節感など、自分を取《と》り巻《ま》く世界を感じようとしている。そんな彼女の力になると決めたのだ。

子どもの目線になるようにしゃがんで、彼は言った。

「この美しい世界は、目が見えなくても、なくなったりはしないんだよ」

妻が前向きに自分の運命を受け入れている姿《すがた》を知ったとき、彼は再び、筆を握《にぎ》ることを決めた。自分が画家をやめてしまうことは、絶対に妻が望んでいないことだと分かったからだ。

農業のかたわら、彼は妻のために「これ」を作った。そして、「これ」が完成する頃には、キャンバスに再び花の絵を描くようになった。画家として再出発を果たしたのだ。

夫に手をひかれ、子どもと一緒につれてこられたその場所に立ったとき、妻は言った。

「あなたの絵を感じます。見えないけれど、わかります。この土の匂《にお》い、たくさんの小さな葉が触《ふ》れあう音と、花の香《かお》り…。りっぱな花壇《かだん》を、お作りになったんですね」

母親の言葉を聞いて、目が見えない人のために花畑を作ることには大きな意義があると、子どもは知った。目が見えないと言うことは、何もわからない、何もできないということではなかった。

画家は、今、幸せだった。

（作 桃戸ハル）

地獄変《じごくへん》

良秀《よしひで》という天才絵師《えし》がいた。

その圧倒的《あっとうてき》な画力《がりょく》。出来上がった作品は、写実的《しゃじつてき》なだけではなく、その内面すらもとらえているようで、人の感情をわしづかみにするようなものだった。とにかく飛びぬけた才能《さいのう》の持《も》ち主《ぬし》だったことは間違《まちが》いない。

ただし、良秀の人となりは、ケチで、不愛想《ぶあいそう》で、恥知《はじし》らずで、怠《なま》け者《もの》で、強欲《ごうよく》。おまけにひどくうぬぼれていて、これまた右に出るものがないほどの嫌《きら》われ者だった。また、たとえば彼の描いた肖像画《しょうぞうが》も、描かれた人間の内面の負の部分すらも露《あら》わにするため、彼の絵を嫌《いや》がる者もいた。

良秀は、自分が有名画家であることを鼻《はな》にかけて、いばりちらした。良秀の才能を認《みと》めて大事にしてくれている殿様《とのさま》に対してさえ、その無礼《ぶれい》な態度《たいど》は変わらなかった。

たとえば、良秀の娘《むすめ》の一件《いっけん》である。良秀には器量良《きりょうよ》しの娘がいた。彼女の口元《くちもと》には黒々とした ほくろがあり、それがなんとも言えぬ女の色香《いろか》を醸《かも》し出していた。その娘が殿様に気に入られて、城《しろ》で女官《にょかん》として働《はたら》くことになった。女官として城に勤《つと》めるのは、多《おお》くの女のあこがれである。ふつうの親なら身《み》に余《あま》る光栄《こうえい》だとして、殿様に泣《な》いて感謝《かんしゃ》するところなのだが、良秀は違《ちが》った。感謝するどころか、殿様に面《めん》と向《む》かってこう言いはなった。

「私の可愛《かわい》い娘を返してもらいたい」

まるで殿様が人さらいであるかのような口ぶりである。しかもこの暴言《ぼうげん》を、良秀は幾度《いくど》となく繰《く》り返《かえ》した。殿様は寛容《かんよう》な人物だったが、その広い心の限界《げんかい》を超《こ》えるほどのしつこさだった。だから、殿様が良秀に、「地獄変《じごくへん》の屏風絵《びょうぶえ》を描《えが》いてみせよ」と言ったのは、そんな良秀のうぬぼれを懲《こ》らしめるためでもあったのである。

なぜ地獄変を描かせることが、良秀のうぬぼれを懲らしめることになるのか。それは良秀が、実物を写実的に描くという手法で絵を完成させる画家だったからである。逆《ぎゃく》に言うと良秀は、実際《じっさい》に見たものしか描くことが出来なかった。もちろん、地獄を実際に見ることなど誰《だれ》にもできない。

つまり殿様が言った、「地獄変の屏風絵を描け」というのは、良秀にとってまさに無理難題《むりなんだい》だったのである。殿様はこう考えていた。

「さすがの良秀も、今度という今度はきっと、『描けません』と謝《あやま》ってくるに違いない。素直《すなお》に謝ったなら、しかたがない、笑《わら》って許してやるとしよう」

しかし、良秀は謝らなかった。それどころか自信満々《まんまん》に「描いてみせましょう」と言《い》い放《はな》った。殿様を相手に意地《いじ》を張《は》りとおそうとしたのである。

殿様にすれば、「やれるものならやってみろ」といった心持ちであったろう。結局、良秀は、地獄変の屏風絵を描くことになった。そのやり方はまさに型破《かたやぶ》りで、狂気《きょうき》に満《み》ちていた。

たとえば地獄で死の苦しみを味わう人間を描くのに、わざわざ行き倒れの死骸《しがい》の実物の前に腰《こし》を下《お》ろして、半《なか》ば腐《くさ》りかかった顔や手足をいつまでも写生する。あるいは罪人《ざいにん》が処罰《しょばつ》される様子《ようす》を描くため、弟子《でし》を丸裸《まるはだか》にして鎖《くさり》で縛《しば》りあげる。血が滞《とどこお》って肉が赤紫《あかむらさき》に腫《は》れ上《あ》がると、弟子がどんなに苦しんでも、いや苦しめば苦しむほど、その様子を嬉《うれ》しそうに写し取る。

腐りかかった死体や、鎖で縛りあげられた人間は、この世にあっても地獄の現《あらわ》れそのものだった。そういう方法で、良秀は屏風絵を着々と描き進めていったのである。

ところが、八割ほど絵が出来上がったところで、良秀は行《い》き詰《づま》った。

筆《ふで》がぱったりと止まり、もはやひと塗《ぬ》りもできなくなった。

あれほど傲慢《ごうまん》だった良秀が、急に涙《なみだ》もろくなり、人目をしのんで泣《な》くようになった。

そんな様子を聞くに及《およ》んで、殿様は再《ふたた》び、良秀を城に呼《よ》び寄《よ》せ、やさしく尋《たず》ねた。

「屛風絵の進み具合《ぐあい》はどうだ」

「はい、八割がた完成しておるのですが……屛風絵の中央に描くべきものが、どうしても……」

「どうしても……？」

良秀は言い淀《よど》んだ。

「申《もう》せ、良秀」

お殿様は良秀が音《ね》を上げるのを待っていた。「どうしても描けません」と素直に負けを認めて謝るのを待っていた。謝れば許してやるつもりでいた。

しかし良秀は、謝る代わりにこう言い放った。

「すでに、屛風中央に描くものの構想《こうそう》はできあがっているのです。あとは実物を見るだけ。殿様、早くそれを見せてください」

まるで、「描けないのは殿様のせいだ」と言わんばかりである。さすがの殿様も、怒《いか》りに心が震《ふる》えた。しかし、その怒りを隠《かく》して、殿様は聞いた。

「よかろう、では良秀、お前は屛風の中央に何を描くつもりなのだ」

「地獄の業火《ごうか》に焼《や》かれながら、天から落ちていく人間です。その実物を、見せていただきたい」

殿様は少し考えてから、答えた。

「分かった、その実物をお前に見せると約束《やくそく》しよう」

「ありがとうございます」

「ただし、ひとつだけ言っておく」

「なんでございましょう」

「もう後《あと》には引けぬぞ」

その言葉の意味を、良秀がどうとらえていたかはわからない。

ほどなくして殿様は、良秀を広々とした草原に呼び出した。

風がそよとも吹《ふ》かぬ草原。その中央に、後手《うしろて》に縛《しば》られて、人が立っていた。それを、明々《あかあか》と燃える松明《たいまつ》を持った家来《けらい》たちが取り囲《かこ》んでいる。殿様は思っていた。

いくら強気《つよき》な良秀でも、これから罪《つみ》のない人間が生きたまま燃《も》やされるのだと実感すれば、さすがに怖気《おじけ》づくはずだ。そして、「もうやめてください」と頭を下げるに違いない。もちろん、そうなれば許してやろう。もちろん屏風絵は完成しないだろうが、それでいい。人間を生贄《いけにえ》にしてまで完成させなければならない芸術作品など、あるはずがないのだ。

殿様は言った。

「さあ、どうする良秀」

良秀はぶるぶると身を震《ふる》わせていた。しかし「やめてください」とも言わなかった。まるで芸術のためなら何でもするという信念を守り通すかのように、両の拳《こぶし》をしっかりと握《にぎ》りしめ、歯を食いしばっていた。

「良秀、ほんとうにそれでよいのか!」

それでも良秀は無言を貫《つらぬ》いた。

ばちばちという松明の音だけが、草原に響《ひび》いていた。やがて殿様は、何も言わず、その場を去っていった。殿様の姿が見えなくなると同時に、家来たちは火を放った。

人が燃えていく。

その姿を良秀は、涙の溢《あふ》れる眼《め》をかっと開いて見つめ続けた。

それからしばらく経《た》って、地獄変の屏風絵は完成した。

まったく見事な出来栄《できば》えだった。見ているだけで拷問《ごうもん》に苦しむ人々のうめき声が聞こえてくる。あまりのむごたらしさに目を背《そむ》けたいのに、なぜか魅入《みい》って目が離《はな》せない。

間違《まちが》いなく、天才画家である良秀の最高傑作《けっさく》だった。

しかし、絵を城に届けた翌日《よくじつ》、良秀は死んだ。自《みずか》ら首をくくって自殺したのである。なぜ良秀は死を選んだのか。その答えは、地獄変の屏風絵の中にあった。

地獄変の屏風絵の中央には、燃《も》え盛《さか》る炎《ほのお》に焼かれながら空から落下する、一人の女が描かれていた。火の燃え移った髪《かみ》を振《ふ》り乱《みだ》し、熱さと苦しさに身をよじっている。

その醜《みにく》くゆがんだ口元には、女の色香を表現するように黒々としたほくろが描かれていた。

(原作　芥川龍之介、翻案　吉田順)

待つ人

久しぶりにその町を訪れる者がいたならば、すっかり町の様子《ようす》は変わってしまった、と思うだろう。

そこは、かつては漁港《ぎょこう》を中心に栄《さか》えた活気ある町だったが、近年、漁師《りょうし》の高齢化《こうれいか》や後継者《こうけいしゃ》不《ぶ》足《そく》から徐々《じょじょ》に漁業が衰退《すいたい》し、いまやかつての活気など、どこにもない。

港を出入りする船も数えるほどで、漁をしているのは、あと何年できるかわからないような高齢者ばかりだった。

若者はみな、安定した職を求めて、都会へ出ていった。

ところが数年前、隣町《となりまち》に新しい鉄道の駅ができ、海に沿《そ》って幹線《かんせん》道路も開通したことから、まだ比較的《ひかくてき》安い土地を求めて、その町に新しい住人が移《うつ》り住んでくるようになった。

まさにいま、町は開発ラッシュを迎《むか》えようとしていた。建売《たてうり》の住宅《じゅうたく》や場違《ばちが》いなほど大きなマンションが次々と立ち並《なら》びはじめていた。オーシャンビューの景色《けしき》も、マンションが人気となる一因《いちいん》となった。

しかし、それは古い住人には悲劇《ひげき》であった。土地を開発するために、強制的な買収《ばいしゅう》や嫌《いや》がらせがはじまり、立《た》ち退《の》きにあって、町を追《お》われる者が絶《た》えなかったからだ。まもなく80歳《さい》になろうかという勝代《かつよ》も、その嫌がらせを受ける一人であった。

「婆《ばあ》さんも、意地《いじ》はってないであきらめなよ。お隣《となり》さんも、ついに売《う》り払《はら》っただろ。高く売れたって喜んでたぜ。こんな土地に一人でしがみついていたって、いいことねえだろ!!」

この男は、地上《じあ》げ屋《や》だ。このところ、毎日やってくる。勝手に玄関《げんかん》の上《あ》がりかまちに座《すわ》り込《こ》んでは、1時間、2時間と居座《いすわ》りつづける。

「何度言えばわかるんです。私は売るつもりはありませんから、帰ってちょうだい!」

背筋《せすじ》をぴんと伸《の》ばして正座《せいざ》する勝代は、男の脅《おど》しにまったくひるむことなく吐《は》き捨《す》てた。

勝代は、この家を一人で守っていた。古くからの家屋《かおく》が密集《みっしゅう》する一帯《いったい》は、ほとんどがこの1年で立ち退いた。どうやらここに、新しいマンションが建《た》つという噂《うわさ》だ。勝代の土地は、マンションのエントランスにあたる部分らしく、開発業者にとっては、どうしても必要な土地だった。

「このあたりじゃ、もう婆さんしか残ってねぇ。意地悪しないでくれよ」

「断ります」

「……昨日言った金額じゃ不満なのか？」

男は、急に真顔《まがお》になった。

しかし、勝代は、きっぱり答えた。

「お金の問題じゃありません。私は、この土地を離《はな》れるわけにはいかないんです」

「ほぉー、そうかい」

男はタバコに火をつけ、深く吸《す》い込《こ》むと、わざと白い煙《けむり》を勝代の顔に吹《ふ》きかけた。

「……で、どんな理由《わけ》があるんだい？」

「あなたに言っても、仕方ないわ」

「そう言わず、聞かせてもらいましょう。事情によっては、あきらめてやってもいい」

男はからかうように言う。

「漁師のご主人のことだろ？」

「……そう」

開《あ》け放《はな》たれた玄関の先に、真《ま》っすぐな坂道が続いている。その先に広がる海のなかに何かを探《さが》すような眼差《まなざ》しで、勝代は淡々《たんたん》と話しはじめた。


その夏は、次から次へと台風が襲《おそ》ってきて、ほとんど漁に出ることができませんでした。このままでは生活が立ち行かなくなると、町の漁師たちはみな嘆《なげ》いていました。

その夜も台風が迫《せま》っていて、明日も漁は無理だと、誰《だれ》もが思っていました。

じっとりと湿気《しっけ》のまとわりつくような、とても寝苦《ねぐる》しい夏の夜で、主人も私もなかなか寝つけないでいました。

翌日《よくじつ》、台風の勢《いきお》いは、まったくおとろえていないのに、まだ日も昇《のぼ》る前に、主人がむくっと起き出し、「ちょっと出てくる」と言って、玄関を出ていったんです。

漁に出たようでした。私は、激《はげ》しい風雨のなか港に行ってみましたが、主人の船が見当たりません。私は港で待ちましたが、昼になっても、夜になっても、ついに船は戻《もど》ってきませんでした。

翌朝、台風一過《たいふういっか》で晴天《せいてん》となり、主人は必ず帰ってくるだろうと思いました。

主人は、海も天候《てんこう》も船も、すべてを知り尽《つ》くしたベテランの漁師ですから、きっとどこかの島に避難《ひなん》し、台風をやりすごしているのだろうと思ったからです。

しかし、それから1週間たっても主人は戻ってきませんでした。

仲間の漁師が捜索《そうさく》してくれましたが、何の手がかりも見つかりません。

それから10年以上が経《た》ちました。

みなが「あきらめろ」と言いますが、私はいつか主人が帰ってくると思っています。

「すまん、遅《おそ》くなったな」

と言って、玄関先にあらわれるような気がするんです。

主人は、必ず帰ってきます。だから、ここを動くわけにはいかないんです!! 私がいなくなったら、主人の帰る場所がなくなってしまうんです!!

これまでの我慢《がまん》が抑《おさ》えられなくなったのか、勝代の目は涙《なみだ》であふれていた。男の肩も、わずかだが震《ふる》えていた。男の口からは、嗚咽《おえつ》のようなものがもれた。しかし、それは、奇妙《きみょう》なものであったが――男の笑い声であった。男は哀《あわ》れな勝代に構《かま》うことなく、タバコを灰皿《はいざら》に押《お》しつぶすと、笑《わら》いながら言った。

「婆さん、あんたのダンナ、死んでるよ」

「……何てことを」

勝代は唖然《あぜん》とした。同情をひこうとしたわけではなかったが、まさか笑われるとは思っていなかった。

「悪いけど、ご主人、帰ってこねぇって。もし、生きていたとしたら、あんたから逃《に》げたってことだろ？　おおかた、若い女でも作って、気まずくて死んだふりしたんじゃねえのか。察《さっ》してやれよ。『台風で死んだ』ってことにして、いつまでも執念深《しゅうねんぶか》く待たないことが、あんたにとっても、ダンナにとっても、もちろん俺《おれ》にとっても、マンションに住みたいと思っている人にとっても幸せってもんだろ？」

「主人は必ず帰ってきます」

「10年だぜ。もういいだろう。土地を売って、お金もらってさ、どっかいいマンション買って、余生《よせい》を楽しんでみなよ……」

「勝手なこと言わないで！」

勝代の声が屋外《おくがい》にまで響いた。

「婆さん、今日は帰るが、また明日来るからな。いくら欲《ほ》しいのか、よく考えといてくれ」

そう言うと、男はクルマの鍵《かぎ》のキーホルダーを指でくるくるまわしながら出ていき、黒塗《くろぬ》りのセダンを走らせて、どこかへ消えた。

「……私は、絶対に立《た》ち退《の》くわけにはいかないんです」

勝代は、自分に言い聞かせるように言い、ハンカチで涙をぬぐった。


次の日、男は予告《よこく》通りあらわれた。

「婆さん！」

勝手に家の中にズカズカと入りこみ、手に持った書類をバンッと広げた。

「さあ、これに判を押《お》してもらおうか」

それは、土地の売買契約書《ばいばいけいやくしょ》だった。

「何ですか、これは！　私は売るつもりないと言ってるでしょ。こんな強引《ごういん》なやり方をするなら警察《けいさつ》を呼《よ》びますよ」

「へぇー、警察をねぇ。警察は、この町の発展《はってん》を願《ねが》う我々《われわれ》と、一人の意地の悪い婆さんの、どっちの味方をするかな？」

男がそう言うと、勝代自身も、「警察は味方になってくれない」と思ったのか、警察への通《つう》報《ほう》はあきらめたようだった。

「婆さん、ダンナは帰ってこねぇ。もうあきらめろ」

「帰ってきます！」

「じゃあ、仕方ねぇ……。最後の手段《しゅだん》だ」

男は携帯《けいたい》電話で誰《だれ》かと話したかと思うと、遠くで大きなエンジン音が鳴り響《ひび》いた。そして、バリバリッと嫌《いや》な音がした。

「なんですか？」

「垣根《かきね》がやられたかな？　早く逃《に》げたほうがいいぜ」

男は、にやっとした。

勝代は嫌な予感がして、あわててサンダルをはいて外に出た。すると、ショベルカーが垣根を突《つ》きやぶって庭に侵入《しんにゅう》し、庭木をなぎ倒《たお》しているところだった。そして、そのままの勢《いきお》いで勝代の家に襲《おそ》いかかり、壁《かべ》に大きな穴があいた。

「なにするの！　やめて！」

力なく地面に泣《な》き崩《くず》れた。声にならない声を上げて、勝代は地面を何度もたたいた。しばらく遠くからその様子を見ていた男は、落ち着く頃合《ころあ》いを見て近づいてきた。そして、表情を変えることなく契約書を目の前に突き出し、諭《さと》すように言った。

「婆さん、どっちにしろ、こうなるんだ。……さあ、判《はん》をもらおうか」

勝代の負けだった。そもそも、老女一人が太刀打《たちう》ちできるような相手ではなかったのだ。

勝代はしぶしぶ契約書に判を押した。

それからすぐに、勝代は家を出た。穴が空《あ》いた家にはもう居《い》られないと思ったのか、財布《さいふ》や通帳、貴重品《きちょうひん》などをバッグに押し込んで、近隣《きんりん》への挨拶《あいさつ》もなく早々に町を出ていった。この町にはもう居たくないと思ったのか、「前に提示された額《がく》でいいから、早く現金でもらいたい」

と申し出て、それを受け取った日には、どこかへ去って行った。

それは、地上げ屋にとっては願《ねが》ったりかなったりで、次の日から解体工事が急ピッチで進められるようになった。なにしろ、大型マンションの着工は2週間後に迫《せま》っている。早く更地《さらち》にしなければならなかった。

強引な立ち退き交渉《こうしょう》を成功させた男は、その日、解体の様子を見にきた。

「……婆さん一人に、こんなに手こずるとはな。俺も甘《あま》くなったもんだ」

男は、満足感にひたりながら、ほとんど原形《げんけい》を失った家屋を見て、一服《いっぷく》した。

そのときだった。

「おいっ！　止めろ！」

「なんだ！」

奥《おく》のほうから大声がして、やがて重機《じゅうき》の音がやんだ。

「どうした？」

男は、吸《す》いかけのタバコを捨《す》てて、作業員の集まる現場に向かった。作業員の一人が、土に埋《う》もれた白いものを手でかきわけている。

「これは……」

男は絶句《ぜっく》した。

それから5分としないうちに土のなかからあらわれたのは、ほぼ人間とわかる一体の白骨《はっこつ》死体だった。

「……なんで家屋の下から人骨が」

男の頭は混乱《こんらん》した。いったい、誰の死体なんだ。

「おい、警察に連絡《れんらく》しろ」

「今日は中止だ」

解体工事はその場で中止になった。

通報を受けた警察は、パトカーですぐにやってきて、家の周りに黄色い規制線《きせいせん》のテープが張られた。噂《うわさ》はあっという間に町中に広まり、これほどの住人がいたのかと驚《おどろ》くほどの野次馬《やじうま》が家の前に群《むら》がった。

面倒《めんどう》に巻《ま》き込《こ》まれるのは勘弁《かんべん》とばかりに、男は、混乱に紛《まぎ》れて早めに現場を立ち去った。婆さんを立ち退かせるまでが、自分の仕事で、その後のことは知ったこっちゃなかったからだ。

しかし、クルマで町を離《はな》れる頃《ころ》、男は、ふと思った。

「……あれは、もしかしたら」

男には、白骨死体が誰のものかわかった気がした。しかし同時に、解《げ》せない部分もあった。

「でも、なぜ……」


検死の結果、勝代の自宅跡《じたくあと》から出てきたのは、勝代の夫の遺体《いたい》だと断定された。そして、頭部に大きな損傷《そんしょう》があることから、他殺が疑《うたが》われた。

自宅の軒下《のきした》に埋《う》められていたということは、妻の勝代が事件のことを知っている可能性がある。しかも、周辺住民への聞き取りから、夫婦仲が決して良好ではなかったこともわかり、勝代の関与《かんよ》が疑われた。

すでに数日前に家を出ていた勝代に対し、死体遺棄《いき》の疑いで逮捕状《たいほじょう》が出た。

もちろん、こうなることを見越《みこ》していた勝代は、捕《つか》まるまいと逃亡《とうぼう》生活を企《くわだ》てていたのだろう。しかし、新聞で事件が報じられたとたん、ある温泉町の旅館に怪《あや》しい老婆が一人で宿泊《しゅくはく》しているという情報が警察に寄せられ、あっという間に勝代は逮捕された。

すっかり憔悴《しょうすい》しきった勝代は、警察の取調室ですべてを打ち明けた。

「私が殺しました。10年前、台風が迫《せま》っていたある夏の夜、主人が寝ていたところを撲殺《ぼくさつ》し、ここなら絶対にバレないと思い、軒下《のきした》に埋《う》めました。そして、漁に出て失踪《しっそう》したと見せかけるため、その夜のうちに港に出て、主人の船にエンジンをかけて無人で沖《おき》のほうに走らせたんです」

この小さな老婆に、そこまでのことが一晩《ひとばん》でできるものかと、聞いていた警官は驚いた。

「しかし、なぜ台風のときに?」

「台風のときなら、誰も屋外に出ません。見つからないと思ったからです」

「なるほど……。で、殺害の理由は?」

「夫の……浮気《うわき》です」

警官は、何も言わず、話を続けるよう、目でうながした。

「あの日、主人が『好きな女性ができたから別れてくれ』と言い出したんです。聞けば、相手は、孫のような年齢《ねんれい》の女でした。あなたはダマされているんだ、と言っても、『彼女は、そんな娘《こ》じゃない』と、かばうだけじゃなく……」

そこから先は涙声《なみだごえ》になって聞き取れない部分もあったが、「お前みたいな婆さんと、この先の人生をともに暮《く》らしたくない。お前が出て行け」と、暴力をふるったという。勝代が夫を殺したのは、その夜のことであった。

勝代が立ち退きに抵抗《ていこう》したのは、遺体を発見されないためだったのか、それとも骨になった夫と一緒《いっしょ》に暮らしているつもりだったのか、表情を失った彼女の顔からは何も読み取ることはできなかった。

（作　桃戸ハル）

あの日、あの時、

恋人《こいびと》が珍《めずら》しい病《やまい》にかかった。

「彼女の言うことを否定してはいけません。その記憶《きおく》は間違《まちが》っている、と突《つ》きつけると、脳《のう》がいっそう混乱《こんらん》をきたして、病の進行が早まってしまいます」

私も、この病気になった患者《かんじゃ》さんを実際に診《み》るのは初めてですが……。

そう言って、医師は細く息を吐《は》いた。

彼女の様子がおかしいことに気づいたのは、2週間くらい前。ぼくの嫌《きら》いなトマトが大量に冷蔵庫《れいぞうこ》に入っていたので驚《おどろ》いて尋《たず》ねると、「だってヨウちゃん、トマト大好きでしょ？」と彼女が微笑《ほほえ》んだのだ。ぼくが、トマトは見るのもイヤなほど嫌いなことを、彼女は知っていたはずなのに。

そのあとも、お気に入りのシャツが消えていたので、知らないかと彼女に尋ねたら、「そんなの持ってたっけ?」と返されたり、名前を聞いたことさえないバンドのライブに、さもぼくたち2人で行ってきたかのように話し始めたり。最初は、前の彼氏と間違えているのかと思って、ちょっとムッとしたけど、そのあともささいな違和感《いわかん》が重なった。

それで病院に行ったのが、今日。

彼女の病は、突発性部分的記憶改竄症《とっぱつせいぶぶんてききおくかいざんしょう》という。過去《かこ》の記憶が日々、書き替《か》えられてゆく病だそうだ。

バカな、と思った。お酒も飲まない、変なクスリを使っているわけでもない、食生活にも気をつかっている、何よりまだ若い彼女が病にかかる理由がない。もし本当のことならば、そんな症例《しょうれい》の少ない奇病《きびょう》に、どうして彼女がかからなくてはならないのだろう。

どうして、病は彼女を選んだのだろう。

信じたくない一心で彼女を連れて病院からまっすぐ帰宅したぼくに、けれど、彼女は満面の笑みを浮《う》かべて、こう言った。

「楽しかったね、動物園! 久しぶりだったから、つい、はしゃいじゃった」

えへ、と少女のように笑う彼女を見て、ぼくは泣きそうになった。「着替《きが》えてくる」と言って寝室《しんしつ》に駆《か》けこみ、そのままドアを背《せ》に座《すわ》りこんでしまう。ぼくは恐怖《きょうふ》と悲しみに震《ふる》えていた。

だって、彼女の記憶からぼくの存在《そんざい》が消えてしまう可能性だってあるということだから。治療法《ちりょうほう》は確立されていません、と医師は言っていた。できることは、ひとつだけ。病の進行を遅《おく》らせるために、彼女の言葉を、記憶《きおく》を、否定《ひてい》せずに受け入れること。

そして、ぼくの望みも、ただひとつ。1日でも長く、大切な彼女と過ごすこと。それ以外はない。

こうして、ぼくは彼女の口から出る数々の「うそ」を笑って受け入れる道を選んだ。彼女に忘《わす》れられてしまう恐怖《きょうふ》を想像すれば、彼女の脳《のう》がでっち上げたニセモノの物語を聞くことのほうが、はるかにマシだ。彼女がぼくに相づちを求めるなら、いくらだって返す。

そう、いつだってぼくは彼女のそばにいる。たとえ彼女が、ぼくのことをわからなくなってしまったとしても。

「ねえ、明日いい天気ですって！　お弁当つくって、どこか行こっか」

座《すわ》って雑誌《ざっし》をめくっていたぼくに、ソファの背《せ》もたれ越《ご》しに抱《だ》きついてきた彼女が声を弾《はず》ませる。ぼくはちょうど広げていたページを指さした。

「じゃあ、ここは？　ちょうど薔薇《ばら》が見頃《みごろ》だって。海も近いよ」

「薔薇かぁ……薔薇もいいけど、そうねえ……あ、あそこ行きたい！　前に行った公園」

「公園？」

「ほら、猫《ねこ》がたくさんいた、あの公園よ。あの時も、お弁当ひろげたらワーって猫が集まってきて、おもしろかったわよね。あれまたやりたい」

どう返事をしたものか、ぼくは迷った。

そんな公園には行っていない。だって、ぼくは重度の猫アレルギーなのだから。

彼女の言うことを否定してはいけない。記憶が間違っていることを突きつければ、病はいっそう彼女を蝕《むしば》んでしまう。それなら、彼女の語る「うそ」のすべてをぼくは許容する。

「うん……そうだね、それもいいかもね」

その思いだけでぼくはうなずき、彼女は咲《さ》きこぼれるような笑みを浮かべた。その顔さえ見られれば、ほかには何もいらない。

次の日、彼女は公園のことも薔薇のことも忘《わす》れて、水族館に行きたいと言った。念のため、ぼくは確認《かくにん》する。

「いいの？　いい天気だから、お弁当つくってどこか行きたかったんじゃないの？」

「え、お弁当？　今日は暑くなるから、屋内のほうがいいわよ、ぜったい」

「あ……そっか、そうだね」

ぱたぱたと準備を始めた彼女を、ぼくは目で追う。お弁当を持たないなら、お昼はどこにしよう。水族館の中にあったイタリアンを彼女は気に入っていたはずだからそこでもいいけど、水族館には再入場もできるので、いちど外に出てビュッフェレストランに行くのも楽しいかもしれない。

そんなことを考えていると、お待たせ、と彼女がやってきた。

「それじゃあ、行こうか」

すると、おどけた彼女が、ぼくの腕《うで》をとって言う。

「ね。ランチは、水族館の中にある中華《ちゅうか》にしましょう。あそこの小籠包《ショーロンポー》おいしいんだもの」

「え、いいけど……イタリアンのほうじゃなくていいの？」

「え？」

彼女がつぶやいて、ぼくを見る。その瞳《ひとみ》が、とまどうように揺《ゆ》らめいた。

「あ、でも、イタリアンのほうでもいいよ。そうだね、マルゲリータとか食べたいかも」

しまった。お弁当の話のあとだったから、気をつかわせてしまったか。こんなことではいけない。彼女に笑っていてもらうために、ぼくは彼女の「うそ」を受け入れると決めたのだから。

「うそうそ、好きなほうでいいよ。ぼくも今日は麻婆豆腐《マーボードーフ》が食べたくなる気がする」

「なに？　食べたくなる気がするって」

おかしそうに彼女が唇《くちびる》をほころばせる。再び腕に寄《よ》り添《そ》ってきた指を、ぼくは強く握《にぎ》り締《し》めた。そのぬくもりを忘《わす》れてしまわないように。


なんだって許せる。なんだってできる。彼女のためなら、なんだって。

そう思っていたけれど、彼女の記憶の壊《こわ》れ方は、ぼくが想像していた以上に残《ざん》酷《こく》だった。

「ねえ、見て。ヨウちゃんが前においしいって言ってた赤ワインあったから、買ってきたの。今夜、ビーフシチューにするから一緒《いっしょ》に飲も」

――違《ちが》う。ぼくがおいしいと言ったのは、白ワインだ。

「ねえ。私のハンカチ知らない？　ほら、ヨウちゃんが選んでくれた水色のレースの」

――違うよ。ぼくだったらきみには水色よりも黄色を選んでいるはずだから。

「今度の休みに、新しいカーテン探《さが》しにいこうって言ってたわよね。ついでに、フライパンも新調しちゃおうかな。ちょっとだけいいやつ、買ってもいい？」

――違うんだ。買い替《か》えようと話していたのはベッドシーツで、きみがイタズラっぽく笑ってねだってきたのは、おそろいのグラタン皿《ざら》だ。

毎日、毎日、彼女の記憶は書き替えられてゆく。つい一時間前に話したことさえあっさり上書きされて、なかったことになってゆく。彼女はすべての思い出をぼくと築き上げてきたかのように楽しそうに話すのだけれど、当然、ぼくの頭の中にその記憶はない。だから彼女が話す「ぼく」は、ぼくではなく、まるで違う誰《だれ》かのように聞こえてしまうのだ。

そして彼女はぼく以上に、その「違う誰か」のことを大切に思っているようだった。

バカげた錯覚《さっかく》だとはわかっている。少し記憶が変わってしまっただけで、彼女はすべての出来事をぼくと共有したものだと信じて疑《うたが》わない。だから、べつの誰かとの思い出を語っているわけではない。

わかってている。わかってはいるのだけれど、彼女が語る思い出は、ぼくにとってすべて幻想《げんそう》だ。彼女が愛《いと》おしそうに語る「ぼく」は、ぼくではない「誰か」なのである。けれど、ぼくはその幻想を否定することができない。彼女が病で壊《こわ》れてしまうことが何よりも恐《おそ》ろしいから。

彼女が幻想の中で恋する「誰か」との幸せな話を、ただ、笑って聞くことしかできない――それは、彼女を大切に想《おも》えば想うほど、ひどい矛盾《むじゅん》のように思えた。

だから、ぼくは今まで考えないようにしていたことを考えるようになってしまった。
仮《かり》にぼくが彼女のもとを去ったところで、その記憶は書き替えられてしまうのだろう。幻《まぼろし》の恋人と過ごした記憶が彼女を幸せに導《みちび》くなら、ぼくは彼女の人生にとって、必要のない人間ということだ。
それに最近、彼女もとまどいの色を見せることが増えた。ぼくは彼女の言葉を何ひとつ否定しないよう心がけてきたつもりだけれど、細かい部分まで話を合わせるには、やはり限界がある。観《み》てもいない映画《えいが》のよかったところを説明することはできないし、行ったこともない場所の風景のよさを語ることもできない。そういう時は口ごもるしかなくて、そんなぼくに彼女がとまどうことも日に日に増えていった。

すると、ケンカをしたわけでもないのに微妙《びみょう》な距離《きょり》が生まれてしまう。

――もしかすると、もう限界なのかもしれない。

「きみの人生に、ぼくはいないほうがいいのかな」

彼女の表情が固まったのがわかった。一瞬《いっしゅん》の時をおいて揺らいだ瞳を、ぼくはもう直視《ちょくし》できない。

「最近、ぼくといると疲《つか》れるだろう？　ごめんね。話が噛《か》み合《あ》わなくて」

「それは違っ……！」

上げかけた声を彼女が呑《の》みこむ。必死に言葉を探《さが》していることは長い付き合いなのですぐにわかった。けれど、彼女が言葉を探し当てるのを、ぼくは待たずに背を向ける。

彼女への気持ちがなくなったわけではない。むしろ気持ちがずっと残っているからこそだ。

ぼくが彼女の前から消えれば、ぼくという存在《そんざい》も近いうちに彼女の記憶から抜《ぬ》け落《お》ちるだろう。ぼくの痕跡《こんせき》がまわりから完全になくなってしまえば、いっそ彼女は笑顔《えがお》になれるのだ。

彼女が幻想に恋をしていても、ぼくのことを忘れてしまっても、幸せでいてくれるなら。

それだけを望みながら、ぼくは、ぼくにとっての彼女との思い出が残る部屋を出た。

あの日、あの時、彼女とのすべてを記憶していようと決めて。

＊

彼が出ていった。私は目の前が真《ま》っ暗《くら》になって、気づけば病院に向かっていた。

ベソをかきながらやってきた私を見て、きっと先生は困《こま》ったと思う。カウンセリングなんて、先生の専門《せんもん》じゃないはずだから。

けれど、私が何度もつっかえながら話すことを、先生は真摯《しんし》に聞いてくれた。そして、優《やさ》しく言い聞かせるように、こう言ってくれたのだ。

「大丈夫《だいじょうぶ》ですよ。彼《かれ》の記憶は、病のせいで日々、書き替えられています。幸か不幸か、あなたに言った別れの言葉も、きっとすぐに新しい記憶に上書きされるでしょう。そうしたら、今日のことはすべて忘れて、何事もなかったような顔であなたの前に現れますよ」

先生の言うことが正しいのかもしれない。彼の記憶は、突発性部分的記憶改竄症という奇病のせいで、刻一刻《こくいっこく》とべつの記憶に塗《ぬ》り替《か》えられているというから。

急に別れを切り出したのも、きっと病のせいで記憶が塗り替えられて、私の記憶と一致《いっち》しなくなってきたことを彼なりに察《さっ》してのことなのだろう。

そんなことはどうだってよかったのに。彼さえそばにいてくれれば、記憶なんていくらでも私が彼に寄《よ》り添《そ》うのに。だって、私が恋をしているのは彼の記憶ではなく彼自身なのだから。

その時、不安で胸《むね》に抱《だ》きこんでいたカバンが震《ふる》えた。違う。カバンの中で携帯《けいたい》電話が震えているのだ。

取り出した携帯電話。そのディスプレイに表示された名前を見たとたん、安堵《あんど》で視界《しかい》がにじんだ。

「あ、ぼくだけど」

声が聞こえて、今度こそたまらず頬《ほお》に濡《ぬ》れた感覚が滑《すべ》り落《お》ちる。

「今日さ、駅に12時でよかったよね？　どこ行こうか。ぼく、12時くらいにはオムライスが食べたくなる気がするんだけど」

電話から聞こえてくる彼の屈託《くったく》ない声に、耳がくすぐったくなる。泣《な》きながら笑っている自分を思うとおかしかったが、仕方がない。これが、「忘《わす》れられない恋」というものだ。

私は、わざと甘《あま》えるような声で言った。

「ねえ、今すぐ会えない？」

「え？」

「今すぐ、会いたいの」

しょうがないな、と照れたようにつぶやく彼を、私は決してひとりにはしない。

たとえ彼の頭の中から、私が消えていなくなる日がきたとしても。


（作　橘つばさ）

※作中に登場する病気「突発性部分的記憶改竄症」は、架空の病名です。

幸せのメロディー

結婚《けっこん》して5年。僕《ぼく》たち夫婦《ふうふ》には、なかなか子どもができなかった。僕も妻《つま》も子どもが好きで、「子どもは、多ければ多いほどいいね」「家族で野球チームを作りたいね」なんて、結婚前から話していたのだけれど、これぱかりは神様の思《おぼ》し召《め》しだ。

けれど、妻があまりにも寂《さび》しそうだったので、思いきって犬を飼《か》うことにした。犬種《けんしゅ》は、セントバーナード。妻が昔から大好きなアニメに登場する、とても優《やさ》しい顔つきの犬だ。と思っていたら、子犬のころはとにかくヤンチャで、カーペットやソファの脚《あし》を、いくつもダメにされてしまった。それでも、僕たち夫婦にとってはかわいい我《わ》が子のようなもの。愛情をたっぷり注いで育てた。

子犬を飼い始めて1年ほどが経った、ある日のことだった。会社から帰るなり興奮気味《こうふんぎみ》の妻に抱《だ》きつかれたので、理由《わけ》を聞いたら、「赤ちゃんができたの！」と涙目《なみだめ》で報告された。それを聞いた僕も、つられて涙目になっていた。「犬は安産《あんざん》のお守りだからね」と、子どものころに田舎《いなか》のばあちゃんが言っていたことを、その夜、唐突《とうとつ》に思い出した。

こうして、僕たちは念願の娘《むすめ》を授《さず》かった。娘は、チェルシーと名づけたセントバーナードと本当の姉妹《しまい》のように寄りそって眠《ねむ》り、泥《どろ》だらけになるまで一緒《いっしょ》に遊び、どちらもすくすくと育っていった。「妹分《いもうとぶん》」ができたことで、チェルシーは「お姉《ねえ》さん」に成長したのか、乗馬ごっこの馬にされることにも抗議《こうぎ》の鳴き声ひとつ上げなかった。

まさに、絵に描《か》いたような幸せな家庭だ。自画自賛だけど、僕は本気でそう思った。

だから、永遠だと思っていたその幸福にヒビが入ったときのショックは、言葉では言い尽《つ》くせない。

娘が3歳《さい》になったとき、妻が、タチの悪い事件に巻《ま》き込《こ》まれた。めったに乗らない車で妻が外出したとき、出先で他人《ひと》の車にぶつけてしまったのだ。ぶつけてしまったその車の持ち主というのが、運の悪いことに善人《ぜんにん》ではなかった。そして妻は、事故のことを僕に隠した。

車の修理代を払《はら》うということで一度は解決したかに思われたのだが、後々、男のほうから妻に連絡《れんらく》があった。よくよく見れば車のこっちにも傷《きず》があった。あっちにもヘコみができていた。海外メーカーの高級車だから修理代も高いんだ。それに車だけでなく自分も首を痛《いた》めてしまった。治療費《ちりょうひ》はどうしてくれるのか。

並《なら》べ立《た》てられる重圧のある言葉《ことば》は、妻の平静《へいせい》を押《お》し潰《つぶ》し、かわりに恐怖《きょうふ》を植えつけた。

結局、妻は、相手に言われるがままに金を出し続けた。しかし、度重《たびかさ》なる請求《せいきゅう》に応《こた》えるごとに借金は膨《ふく》れ上《あ》がり、とうとう僕に隠《かく》しきれなくなってしまったのだ。

僕が事故のことを聞いたときには、もう取り返しがつかないところまで来ていた。

僕は妻を責《せ》めた。どうして、こんなことになる前に相談してくれなかったのか。子どもを育てていくためにはお金が必要なのに、なぜ黙《だま》ってお金を払い続けたのか。

妻は涙を浮《う》かべ、「許してほしい」と何度も謝《あやま》った。けれど、誰《だれ》よりも幸せにすると誓《ちか》った愛する妻だからこそ、その愛と信頼《しんらい》を軽んじられたような気がして、ショックで、僕は感情を鎮《しず》めることができなかった。

無言の時間が、どれだけ続いただろう。ある日、妻は家を出たきり帰ってこなくなった。

リビングのテーブルには、妻の名前が書かれた離婚届《りこんとどけ》と、僕が贈《おく》った結婚指輪、それからたった一言《ひとこと》、「娘をよろしくお願いします」と書かれたメモだけが残されていた。

――あれから、5年。僕は娘と二人《ふたり》で生きてきた。娘を育てるために会社を辞《や》め、独立起業して自宅の近くに事務所《じむしょ》を構《かま》えた。仕事は順調に進み、妻が残していった借金も返済《へんさい》することができたのだ。

しかし、いいことばかりではなかった。仕事は軌道《きどう》にのるほど忙《いそが》しくなり、家庭に割《さ》く時間がなくなってしまったのだ。娘のために独立したのに、これでは本末転倒《ほんまつてんとう》である。とはいえ、仕事をしなければ娘を育てていけない。今の僕にとって、もっとも大切なものは何か。考えれば、答えは自《おの》ずと見つかった。

娘のために、僕は家政婦《かせいふ》を雇《やと》うことを決めた。

思いついてすぐに何人か面接《めんせつ》をして、2週間後には、とある一人《ひとり》の家政婦に来てもらうことになった。僕と同年代の女性で、とびきりの美人というわけではないが、いつもにこにこしていて物腰《ものごし》がやわらかく、あたたかみのある雰囲気《ふんいき》がいい。娘も、チェルシーも、すぐに懐《なつ》いた。

家政婦の女性には月曜から金曜まで、僕が家にいない間のことをお願いした。僕が出社したあと娘を保育園へ送ってもらい、そのあとは家の中の雑事《ざつじ》をあれこれ片《かた》づけてもらって、夕方になったら娘を保育園へ迎《むか》えにいき、僕が帰るまで面倒《めんどう》を見ていてもらう。それが一連の契約《けいやく》だ。

家政婦の女性が帰ったあとは、彼女が作っておいてくれた夕食を娘と二人で食べる。炊事《すいじ》、洗濯《せんたく》、掃除《そうじ》、買い物といった家事全般《ぜんぱん》から解放されたことで、僕は仕事に集中できるようになった。それに、平日にたまった家事を土日にまとめてやる必要もなくなったので、仕事が休みのときは思いきり娘と遊んでやれる。家政婦の女性のおかげで、メリハリのついた生活を手に入れることができた。

しかも彼女は、優しく、こまやかで、とても気《き》が利《き》いている。掃除は徹底《てってい》しているし、だからといって、ものを不必要に動かすことはしない。必要なものは、ちゃんと必要な場所にいつも納《おさ》まりよく置かれている。

洗濯物は、僕が洗《あら》ったときとは明らかに違《ちが》い、ふわふわになって戻《もど》ってくる。洗ったあとの食器はいつもきれいに水気《みずけ》がふきとられているし、娘の分の料理にはハート型《がた》のニンジンや星形のパプリカが飾《かざ》られている。娘も喜んで、苦手《にがて》だったものを少しずつ食べるようになった。

後日、そのことを伝えたら、家政婦の彼女は、「よかったです！」と弾《はじ》けるように笑《わら》って、鼻歌を歌い始めた。本当に嬉《うれ》しそうなその様子《ようす》に、そして彼女の口ずさむメロディーに、僕はもう、どうしようもなく心をつかまれていた。

家政婦として期待していた以上、などというものではない。

僕は彼女に、ごまかしようのない愛情を抱《いだ》いている。

＊

登録していた家政婦紹介所《しょうかいじょ》から連絡《れんらく》を受け、依頼人《いらいにん》の家庭の詳細《しょうさい》を教えてもらった私《わたし》は、すぐさま「行きたい」と所長に申し出た。面接の日取りもすぐに決まり、依頼人であるシングルファーザーに会って話をさせてもらうと、後日、幸いにしてそのシングルファーザーは、「あなたに決めさせていただきます」という連絡をくれた。

こうして私は、父ひとり子ひとり、セントバーナード一頭《いっとう》の家庭の家政婦になった。

雇用主《こようぬし》である父親から頼《たの》まれたことは、父親が仕事に出ている間の炊事《すいじ》、洗濯《せんたく》、掃除《そうじ》、買い物などの家事全般と、一人娘の保育園への送《おく》り迎《むか》えだ。家政婦としては基本的な仕事と言える。一人娘も、それにセントバーナードも、どうやら私にすぐ懐《なつ》いてくれて、手がかからなかったこともありがたかった。

5歳の娘は、かわいい盛《さか》りだ。ニンジンやピーマンが嫌《きら》いなようだったので、クッキーの型で抜《ぬ》いてシチューやオムライスに飾《かざ》ってみたら、物珍《ものめずら》しかったのか食べてくれたと父親から聞かされた。栄養面《えいようめん》はやはり気になるので、少しでも食べてくれるならと、私はさまざまな工夫《くふう》をこらした。

もちろん、味つけにも細心《さいしん》の注意をはらった。塩分や糖分《とうぶん》のとりすぎはよくないし、だからといって味が薄《うす》すぎても、子どもは食べない。難《むずか》しいけど、やり甲斐《がい》のある仕事だ。

父親と話すときにも、気をつかう。娘が今日《きょう》一日どんな様子だったたか、保育園の先生から聞いたことをそっくり報告するのだが、そのときは話し方にも注意しなければならない。神経を使うことだけど、娘の話を聞いて微笑《ほほえ》む父親の穏《おだ》やかな表情を見ると、この家で働けることを幸運に思う。――そんなある日のことだった。

夕食の準備を整え、娘の様子を父親に伝えて、いつものように「それでは、また明日の朝に参ります」と帰ろうとしたら、腕《うで》をつかまれた。つかんだのは父親だった。

「突然《とつぜん》、申《もう》し訳《わけ》ない。でも、もう気持ちを隠《かく》せなくて……」

父親が何を言おうとしているのか、私には、すぐにわかった。傲慢《ごうまん》だったかもしれないけど、それしかないと思った。そのうえで、早く言ってほしいという思いと、その言葉を口にしないでと願《ねが》う気持ちとが、胸の中で複雑《ふくざつ》に入り混《ま》じる。

私が混乱《こんらん》している間に、父親は、私の腕をつかむ手に力をこめて、言った。

「僕は、あなたを愛してしまった。この気持ちを、受け止めてもらえませんか？」

あまりにもまっすぐな目でこちらを見るので、何も言えなくなった。

すると、私が困惑《こんわく》していることを察《さっ》したのだろう父親が、やがて腕をはなして「明日も、よろしくお願いします」といつもの調子で頭を下げた。はい……と、そのときの返事がちゃんと声になっていたかどうか、私にはわからない。ただ、こんな気持ちでこの家を出ることになるとは、思っていなかった。

数日の間、私は悩《なや》んだ。もちろん、仕事はきちんとやりながら。

彼は父親としても男性としても魅力的《みりょく》だし、男手《おとこで》ひとつで娘を育ててきたことも尊敬《そんけい》できる。娘だって本当にかわいい。あんな子を自分の手で育てられたら、きっと、母親としてかけがえのない経験になるだろう。

けど、私はこの家にふさわしくない人間だ。そもそも私は家政婦として、この家に出入りするようになった。それが妻になるなど、いろんなバランスが崩《くず》れてしまうのではないだろうか。それに、彼《かれ》は奥《おく》さんと死別したわけではない。奥さんは、事情があって家を出たのだと言っていた。だとすると、私がこの家におさまってしまったら、彼女の帰る場所を奪《うば》ってしまうことになるのではないだろうか。

私は悩みに悩み抜《ぬ》き、そして、決心した。この家には、もう二度と関《かか》わらないことを。

「それでは、失礼します」

今日を最後に、もうこの家には来ない。そう決意して、玄関《げんかん》先で父親に頭を下げる。遊び疲《つか》れたのか、娘はリビングのソファで眠《ねむ》っていた。きっと、私が帰ったあと父親に起こされて、私の作っておいたコロッケを「おいしい」と言って食べてくれるだろう。その愛らしい笑顔を見ることができなくなると考えると後《うし》ろ髪《がみ》を引かれる思いだが、これればかりは仕方がない。

「それじゃあ……」

父親に背中《せなか》を向けて立ち去ろうとした、そのときだった。うしろから、腕をつかまれた。誰《だれ》がつかんでいるのかは、考えるまでもなかった。

「行かないでくれ」

すがるような声に振《ふ》り返《かえ》りそうになって、なんとかこらえる。ここで振り返ったら何もかもが崩《くず》れてしまう。

「私は、この家にはふさわしくありません。それに、奥さまが、戻《もど》ってこられるんじゃないですか？」

「出ていった妻は、もういいんだ。それよりも、きみに出ていってもらいたくないんだよ。

……僕の前から、もう二度といなくならないでくれ」

首を横に振《ふ》ろうとして、できなかった。父親の言葉が頭の中に引っかかったせいだ。

「待って……『もう二度と』って……」

「だって、きみは——5年前にも、この家を出ていってしまったじゃないか」

その瞬間《しゅんかん》、頭を殴《なぐ》られたような衝撃《しょうげき》が走った。

「そんな、どうして……」

「きみが、うちで働き始めて、すぐに気づいたよ」

「でも、だって……私、整形して顔を変えて、名前も……声だって……」

動揺《どうよう》のせいで、うまく言葉にならない。それすらもわかっていると言うかのように、父親は
――私の元夫は、ほろ苦《にが》い笑《え》みを浮《う》かべてみせた。

「だって、初対面のときからチェルシーが、きみにまとわりついていたじゃないか。チェルシー
はね、きみが出ていったあと、家族以外の人間には懐《なつ》かなかったよ。それに、料理も」

ぴくり、と私は指先を震《ふる》わせた。料理には、とくに気をつかっていたつもりだった。味つけ
や盛《も》り方《かた》に、かつての私のクセが出てはいけないと。

「確かに、味は以前のきみとは違った。でも、作り方までは、なかなか変えられないだろ?」

「作り方……?」

「ほら、うちの調味料入れ。塩と砂糖《さとう》がどっちがどっちだか、すごくわかりづらいじゃないか。

他人《たにん》だったら、絶対に中身を確かめてから使うだろう。でもきみは、一度たりとも迷《まよ》わずに正

しいほうを使っていた。それに、洗ったあとの食器は自然乾燥《しぜんかんそう》じゃなく、まず布でふいてから乾《かわ》かしておくのも、きみの習慣だったよね。『手間がかかるのに』って僕が言っても、『このほうが気持ちいいじゃない』って、結婚当初よく言ってた」

そんな……というつぶやきが、口をおおった手の隙間《すきま》からもれた。

何もかも見透《みす》かされていたなんて、だったら私の苦悩《くのう》はなんだったのだろう。

顔と名前を変え、別人として生き始めたところに、この家から家政婦紹介《しょうかい》の要請《ようせい》があった。捨《す》てると決意した暮《く》らし……関わらないのが一番だと頭ではわかっていたが、二人の顔を一目見たいという衝動《しょうどう》には勝てなかった。

事情を伏《ふ》せたまま紹介所の所長に頼んでみると、とんとん拍子《びょうし》に話が進んで、雇《やと》ってもらえることになった。こんなにうまくいっていいのだろうかと思っていたが、やはり偶然《ぐうぜん》ではなかったということなのだろうか。

私がそう尋《たず》ねると、夫は弱く首を横に振った。

「いや。気づいた直後はきみのことを許せない思いが強かった。だけど、娘には母親が必要だと思ったから、きみを雇い続けることにしたんだ。正体を隠《かく》しているきみに、正体を明かすよう迫《せま》る気もなかった。娘も混乱《こんらん》するだろうしね。……けど、気づいてしまったんだ」

そう言って、夫が両手で私の手をとる。懐かしい感覚に、涙が出そうになった。

「僕はやっぱり、きみのことを愛している。もう一度、ここで一緒に暮らさないか」

握りしめられた手が、ぽうっと、あたたかくなる。これは本来、私には二度と許されるはずのなかったぬくもりだ。けれど感じてしまうと、ずっとこれを取《と》り戻《もど》したかったのだということを思い知らされる。

先日、想《おも》いを告白されたとき、私は悩んだ。「家政婦の私」がこの人の妻になってしまったら、「家を出ていった元妻の私」は、二度とこの家に帰ってくることができなくなってしまう。整形して、声まで変えて、過去を捨《す》てたつもりになっていたが、それでもまだ、矛盾《むじゅん》した執着《しゅうちゃく》が私の中には残っていたのだ。だから悩みに悩んで、そうしてようやく身を切られるような思いで、やっぱりここを出ていこうと決めた。

なのに、その悩みも決断も、夫の言葉に散らされてしまった。バレているとも知らずに他人を演《えん》じ続けていた自分が、急に愚《おろ》かに思えてきて笑ってしまう。

「バカね、私……」

自分で自分を笑った私を、けれど夫は笑わなかった。

「そんなこと、思ってない。わかったのは、僕にとってきみはやっぱり最高の妻だっていうことだ。きみが洗ってくれる洗濯物には洗剤《せんざい》よりも太陽の香《かお》りが強く残っているし、靴下《くつした》を丸められたくない僕の好みもわかってくれている。目玉焼きには何も聞かずにコショウを多めにかけてくれてたし、テレビのボリュームは絶対に18まで。掃除《そうじ》をしたあと、ものは使い勝手のいいところにきちんと戻《もど》されてるのに、カーテンだけが上に少しめくり上げられたまま忘《わす》れられてるんだ。掃除機をかけるときに邪魔《じゃま》だからめくり上げるんだろうけど、それを下《お》ろし忘《わす》れるところは、昔と変わってないんだね」

夫がそこまで私のことを見ていたということに驚《おどろ》くと同時、無性《むしょう》に恥《は》ずかしくなった。

「それに、それだけじゃない」

まだあるのか……と、穴《あな》があったら入りたい気分になった私に、夫は笑みを向けた。それは涙が出そうになるほど、懐かしく、甘《あま》い笑みだった。

「きみ、たまに鼻歌を歌ってただろ？　たぶん、本当に嬉《うれ》しいことがあったときに無意識で歌ってたんだと思うけど、あれは……あの曲は――僕たちが結婚するときに、友だちに作ってもらった曲だよね」

言われて初めて、気がついた。口ずさんでいた歌が結婚したときの歌だった、ということにではない。嬉しくなったとき、自然と頭に浮《う》かんでくる曲があったということに、だ。

それが、結婚したときに、夫と共通の友人に作ってもらった曲。私たちの永遠の幸せを象徴《しょうちょう》するメロディーだったなんて。

「きみは自分の正体をうまく隠《かく》していたつもりかもしれないけど、バレバレだよ」

切なそうに夫が笑う。少し弱々しいこの笑みを失いたくないと、かつて私は確かに思ったのだ。永遠を誓《ちか》った、あの場所で。

「あの鼻歌で、きみだと気づいた瞬間、僕はもう一度きみに恋《こい》をした。あの歌を一緒に歌いたいと、そう思える人は、きみ以外にいないんだ」

――だから、もう一度、僕と一緒に歌ってくれないか?

その言葉を聞いたとたん、私の頬《ほお》を一筋《ひとすじ》の涙が滑《すべ》り落ちた。


（作　桃戸ハル・橘つばさ）

犯人の正体《しょうたい》

「こんな仕事をずっと続けていていいのか……」

弘樹《ひろき》は、悩《なや》んでいた。

大学卒業後、大手証券《おおてしょうけん》会社に勤《つと》めていたが、やっている仕事は自分に合ったものではなかったからだ。

明らかに自分たちに有利な条件で仕込《しこ》んだ債券《さいけん》や名前も知らない会社の未公開株《みこうかいかぶ》を、たいして金融《きんゆう》の知識もない一般人《いっぱんじん》に、「いい投資《とうし》になる」と言って売りつける。

昔から人あたりがよく、誰《だれ》からも好かれるタイプだった弘樹は、どんな相手でも、信頼《しんらい》を得て、金融商品を売りつける自信があった。だから、社内でも、営業成績はつねに上位にいた。

でもどこかで、他人《たにん》をだましているのではないか、という罪悪感《ざいあくかん》があった。

何度か上司《じょうし》に相談をしたが、その度に、

「お前が辞《や》めると会社が困《こま》る。たのむから、会社のためにもう少し我慢《がまん》してくれ」

という泣《な》き言《ごと》を言われ、だらだらと仕事を続けていた。

そんなとき、卒業以来10年ぶりに学生時代の友人、洋介《ようすけ》と再会した。

洋介は、大手IT《アイティー》企業のシステムエンジニア（SE）として活躍《かつやく》していた。

「SEはソフトウェアやシステムを設計するけど、それって、職人と同じなんだ。ものづくりなんだよ。自分が作ったものが動いて、お客さんの役に立つ。こんなやりがいのある仕事ができて、俺《おれ》はラッキーだ」

洋介の顔は輝《かがや》いていた。

「SEって、仕事がきつそうだけど」

「いや、いまはそんなことない。うちは大手だし、残業も少ないよ」

「そうか……」

弘樹は、洋介のことがうらやましくなった。

洋介は、1年前に3歳《さい》年上の女性と結婚《けっこん》もして、まさに順風満帆《じゅんぷうまんぱん》の人生を歩んでいるように見えた。それに比べ、自分は仕事に不満を抱《かか》え、将来《しょうらい》を見通せないでいた。また、これまで多くの女性と付き合ってはきたが、みな、一流企業の肩書《かたが》きにひかれて近づいてくるだけだとわかって、女性への不信感だけが強くなっていた。


ある日、洋介とお酒を飲んでいるとき、弘樹は、自分の考えを口にした。

「俺、会社辞めようと思ってるんだ」

「えっ!? 辞めるの?」

「ああ。実はこれまでも何度か辞めようとしたんだけど、その度に上司に言いくるめられて、辞められなかった。でも、今度は辞める。俺には、夢《ゆめ》があるから」

「夢!?」

「会社を作るんだ。金融に特化したIT企業をね。金融の業務《ぎょうむ》はこれからますますIT化するし、顧客《こきゃく》のニーズをとらえた魅力的《みりょくてき》なアイデアをたくさん持っているんだよ」

「そうなのか……。お前なら、絶対うまくやりそうだな」

洋介は、妙《みょう》に納得《なっとく》した。

「俺一人じゃダメだ。でも、俺たちなら、絶対にうまくいくと思う」

「俺たち？」

「そう。洋介、俺といっしょにやらないか？」

「俺が!?」

「金融系SEは、SEのなかでも一番高いスキルが求められる。大きなチャレンジになるけど、お前のキャリアにとって絶対に悪くないはずだよ」

思いつきで、そこまでよどみなく話している自分に、弘樹は我《われ》ながら少し怖《こわ》くなった。心のなかで芽生《めば》えた、洋介を自分のものにしたいという思いが、彼をつき動かしていた。

「俺の金融分野の人脈と、お前のSEのスキルがあれば、いいビジネスができると思うんだ」

洋介は、あまりにも急な展開《てんかい》に呆気《あっけ》にとられるばかりだったが、弘樹の提案は洋介自身にとっても魅力的なものに思えてきた。実は、仕事は面白《おもしろ》いが、「このまま会社のなかで与《あた》えられた役割をこなしていくだけの人生でいいのか」という疑念《ぎねん》を、洋介は持っていたのだ。一度は外に出て、チャレンジするというのもありだと思った。

「よし！　やろう！」

洋介は即決《そっけつ》した。あまりの洋介の決断の早さに、弘樹のほうが驚《おどろ》いた。

「えっ、マジか……」

「ITベンチャーか。楽しみだな！」

「あっ、ああ。そうだな……」

こうして2人の挑戦《ちょうせん》ははじまった。

数ヶ月後、それぞれの会社を辞職した2人は、東京のオフィス街《がい》に小さなオフィスを構え、金融専門《せんもん》のITベンチャーを興《おこ》した。


起業から1年がすぎた。会社の業績は順調に伸《の》びており、経営も軌道《きどう》に乗りはじめていた。

社長で営業の弘樹は、証券会社時代の人脈を生かしてシステム関連の仕事をとってくる。それをSEの洋介が、クライアントの要望《ようぼう》を聞きとりながら形にしていく。

しかし、システム設計はさすがに一人ではまわらない。はじめは外注に出していたが、あまり期待した結果が得られなかったので、3人の若手《わかて》エンジニアを採用し、洋介が教育していくことにした。

その日の夜、弘樹がオフィスを出ようとすると、いつものように洋介だけがパソコンに向かって作業していた。すまないな、と弘樹は思った。しかし、彼ほど頼《たよ》りになる人間はいない。いまは頑張《がんば》ってもらうしかない。

「洋介、まだ終わらないのか？」

「これだけは終わらせないと。大事な案件だから」

かなり気が張《は》っているようで、言葉《ことば》は冷たかった。洋介の顔色は、いつになく悪く、眼鏡《めがね》の奥《おく》の目はとろんとして、まぶたが重そうだった。

「ところで、3人の新人の様子《ようす》はどうだ？」

「みんな、センスはある。あの3人が育ってくれれば、俺も楽になるし、もうしばらくの辛《しん》抱《ぼう》ってことだろう」

洋介は作業の手をとめず、やや鬱陶《うっとう》しそうに答えた。

「……そうか、あまり無理するなよ」

弘樹はオフィスをあとにした。

翌朝《よくあさ》、弘樹はいつものように朝9時に出社した。社員の出社時間は10時だが、朝のうちに会社の雑務《ざつむ》をこなすのが日課になっていた。

鍵《かぎ》をまわし、ドアを開《あ》ける。小さな玄関《げんかん》があり、オフィスにつづく短い廊下《ろうか》がある。オフィスの照明はついたままだ。洋介が徹夜《てつや》でもしたのだろうか。しかし、デスクに洋介はいない。

そのかわり、誰《だれ》かが床《ゆか》にうつぶせで倒《たお》れていた。洋介だった。

「おい、洋介！　大丈夫《だいじょうぶ》か！」

弘樹はあわてて洋介の身体《からだ》を抱《だ》きかかえた。

血《ち》の気《け》が引いた真《ま》っ白《しろ》い顔で、眼鏡の向こうの半目《はんめ》から瞳孔《どうこう》が開《ひら》いているのがわかった。呼《こ》吸《きゅう》はない。すでに死んでいることは明らかだった。

「おい……。どうしたんだ」

弘樹は冷静《れいせい》になるように努《つと》めたが、手の震《ふる》えは止まらない。

特別な外傷《がいしょう》は見当たらない。服装《ふくそう》も昨夜《さくや》と同じ。白のワイシャツにグレーの上下のスーツだ。

鞄《かばん》は遺体《いたい》の横に落ちている。

弘樹は洋介の身体をゆっくりと仰向《あおむ》けに寝《ね》かせてやると、一度眼鏡をとって、半目を静かに閉《と》じてやった。

それから、オフィスに入って洋介のデスクを確認《かくにん》した。パソコンの電源《でんげん》も入っている。

つまり、昨晩《さくばん》、洋介は、仕事中に突発的《とっぱつてき》な発作《ほっさ》に襲《おそ》われ、そのまま倒《たお》れて息を引き取った——。

最初、弘樹はそう考えた。

しかし、何か引っかかる。何か違和感《いわかん》を覚える……。

「あっ！……」


洋介の自宅《じたく》はオフィスのそばにある。救急や警察に連絡する前に、弘樹は洋介の妻に連絡を入れた。電話をしてから20分もしないで、妻の晴美《はるみ》はあらわれた。

弘樹は彼女《かのじょ》の写真を見たことはあったが、それが初対面《しょたいめん》だった。洋介に、「奥《おく》さんに会わせろ」と言ってはいたが、会社を立ち上げてから、ずっと忙《いそが》しく、その時間もなかったのだ。

「洋介……」

変わり果てた夫の姿《すがた》を見て、晴美はその場に立《た》ち尽《つ》くした。涙《なみだ》もなく、取《と》り乱《みだ》すこともない。妙《みょう》に落ち着いている。

すると、人形のようにくるっと弘樹のほうを見て、ぼそっと言った。

「……心臓発作《しんぞうほっさ》って言いましたよね。人ってこんなに簡単《かんたん》に死んでしまうんですね」

なんだこの女は。弘樹は背筋《せすじ》がぞっとしたが、意を決して口を開いた。

「洋介は、本当に病死なんでしょうか？　私は、違《ちが》う可能性を考えています」

「違う可能性？　どういうことですか？」

「誰かに殺された……つまり、他殺《たさつ》です」

「他殺!?　主人は、誰かに恨《うら》まれていたんですか？」

「いえ、洋介は他人に恨まれるような人間ではありません」

「じゃあ、誰が……」

「はっきり言いましょう。奥さん、あなたではないんですか？　洋介を殺したのは!?」

「私!?」

「そう。あなたが殺した」

「何を言ってるの！　証拠《しょうこ》はあるの？」

死の理由はともかくとして、晴美は洋介の他殺説をあっさり受け入れ、さっきから、その前提で話をしている。あまりにも怪《あや》しすぎる。

「洋介のパソコンの電源も、オフィスの照明もついていました。服装も昨夜のままです。つまり、洋介は、仕事中にここで倒れた。そう考えられます」

晴美は無言で何も答えない。

「でも、一つだけおかしな点があります」

「おかしな点？」

「眼鏡です」

「……眼鏡!?」

晴美は、洋介の遺体《いたい》に目を落とした。

「洋介は、いつもパソコンで作業するとき、ＰＣ用の眼鏡をかけていました。ブルーライトをカットするための眼鏡です。オフィスにいるときには、絶対にそれをかけていて、帰宅《きたく》するときに、よく似たデザインの普通《ふつう》の眼鏡をかけるのです。私はそれをいつも見ていたので、よく知っています。……今、彼がかけている眼鏡はどちらか？」

「さぁ……」

「普通の眼鏡です。これはありえない。洋介は、仕事中は、必ず作業用の眼鏡をしているから、つまり、洋介は仕事中に死んだんじゃない。会社の外で死に、あるいは殺され、誰かにここに運ばれてきたということです。洋介をここに運んできた人物――洋介はそいつに殺された可能性が高い」

「……」

「もう一度言いましょう。晴美さん、あなたが洋介を殺したのではないですか？　洋介は、自分には高額《こうがく》の生命保険《せいめいほけん》がかけられていると言っていた。それが狙《ねら》いではないですか？」

晴美は目をそらし、黙《だま》りこくった。

が、突然《とつぜん》、顔をあげ、殺気《さっき》だった目を弘樹に向けた。そして弘樹の鼻先までぐっと迫《せま》り、はっきりとこう言った。

「主人が殺された、というのは、あなたの言う通りよ。でも、犯人《はんにん》は私ではないわ」

犯人が自分ではないのなら、なぜ、『洋介が殺された』などと言えるのか――。

「洋介みたいにいい奴《やつ》を殺そうとする人間がいるはずない！」

晴美は、観念したのか、やや小さな声になって続けた。

「そう、主人は誰かにうらまれるような人間ではなかったわ。あの人は本当に素晴《すば》らしい人だった。私のいちばんの宝《たから》だった。――あなたが言う通り、洋介をここに運んだのは私よ」

とうとう自白した。厳《きび》しいビジネスの世界で仕事をしていたからか、ウソをついている表情や、その人が何を考えているのかが、ある程度《ていど》わかるようになった。今の仕事を辞めたら、探《たん》偵《てい》にでもなろうか。弘樹はそんなことを考えた。

しかし、弘樹の思考が脇《わき》にそれたことなどおかまいなしに、晴美は続ける。

「主人は、昨日の深夜1時を過ぎた頃《ころ》、疲れ切った顔で帰ってきました。シャワーを浴《あ》びてから寝《ね》ると言うので、私は先にベッドに入りました。つい寝入《ねい》ってしまって、気がついたら夜中の3時を過ぎていました。でも、隣のベッドに洋介の姿《すがた》がない。何してるのかしらと思ってリビングに行ったけど、そこにも彼の姿がない。あわてて浴室《よくしつ》に行ったら、電気がついているけど、物音がしない……」

「……」

「嫌な予感がして、ドアを開けたら、洋介は浴槽《よくそう》のなかでぐったりして、すでに死んでいました……」

その話は信用できなかった。弘樹は矛盾《むじゅん》をついた。

「では、なぜ、救急車も呼《よ》ばず、遺体をオフィスに運び入れたんですか？　犯行を隠蔽《いんぺい》するためじゃないんですか？　洋介は死んだんではなくて、あなたが殺したんだ」

「あなただって救急車を呼んでいない。それはなぜ？　犯人がわかったと思って、探偵を気どりたかったから？」

「そ、そんなことはない……」

「あなたは何もわかっていない。なぜ、私がわざわざ主人の遺体をここに運び込んだのか。……それは、主人の思いをあなたが何も知らないことに納得《なっとく》がいかなかったからよ！」

「どういうことですか？」

「主人は、仕事のしすぎで——過労で死んだのよ！」

「過労で……」

「そうよ‼　主人は、新しい会社を作ってから、一日も休まず、毎日、毎日、徹夜をして、ほんのわずかな睡眠《すいみん》時間しかとらずに働いていたのよ。新しい会社のために、あなたのために、ぎりぎりまで身体と精神を酷使《こくし》して働いていたのよ」

「ウソだ……」

「あなたが知らなかっただけ。仕事を家に持ち帰ることも多かったわ。主人は、あなたに黙《だま》ってやっていたのよ」

「……そんな」

「あなたは、主人を死の淵《ふち》まで追いつめていたことを知らなかった。それが悔《くや》しくて、主人の死《し》に様《ざま》をあなたに見せてやろうと思って、ここに運んだのよ！　……私の洋介を返して!!」

それまで我慢《がまん》していた感情が一気にあふれ出て、晴美は大声で泣《な》き崩《くず》れた。

「……俺が、洋介を殺したのか」

起業は、順調に見えた。しかし、それは、洋介の「無理な働き方」に支えられた、あまりにももろいものだった。「その人が何を考えているのか、ある程度わかる」……。さっき頭に浮《う》かんだ考えを、そんなことを自慢気《じまんげ》に思っていた自分を殴《なぐ》りとばしたくなった。いちばん身近《みぢか》な人間の考えすら、俺はわかっていなかったのだ。

（作　桃戸ハル）

銅像《どうぞう》

薪《まき》を背負《せお》い、歩きながら本を読む少年の像。かつて二宮金次郎像《にのみやきんじろうぞう》は、1920年代後半から1940年にかけて、全国の小学校に設置され、誰《だれ》もが目にする存在《そんざい》だった。

「働き者で勉強熱心」ということで知られる金次郎は、ただそれだけの人ではなく、多くの偉《い》業《ぎょう》を残し、若者《わかもの》の未来を切り開いた人物である。

富士山《ふじさん》と丹沢山《たんざわさん》のふもとから流れる酒匂川《さかわ》によって作られた、足柄《あしがら》平野。1787年、現在の小田原《おだわら》市にあたるこの土地で、二宮金次郎は裕福《ゆうふく》な農家の子として生まれた。

しかしこの土地は、しばしば洪水《こうずい》によって堤防《ていぼう》が決壊《けっかい》し、泥水《どろみず》が村に流《なが》れ込《こ》んだ。そのたびに村人の田畑は被害《ひがい》を受け、人々の借金はかさむ一方であった。洪水を防ぐ堤防工事は死活問題であり、村民は総出《そうで》でこれにあたっていた。

金次郎もわずか11歳《さい》で大人に混じって工事に参加したり、また力仕事では一人前《いちにんまえ》の働きができないため、鼻緒が切れたわらじを持ち帰って修繕《しゅうぜん》するなど、自分なりに仕事を見つけては働いていた。

しかし金次郎が14歳のとき、酒匂川の大氾濫《だいはんらん》によって、二宮家は田畑を手放すことになってしまう。さらに、この時の心労がたたり、病気がちだった父が亡《な》くなってしまった。母が、幼《おさな》い弟二人《ふたり》を抱《かか》えて荒《あ》れた土地を耕す姿《すがた》を見て、金治郎は胸《むね》が締《し》めつけられる思いであった。

金次郎は、朝は早く起きて日がくれるまで母を助けて畑仕事をし、夜は遅《おそ》くまでわらじ作りなどに精を出した。

また金次郎は暮《く》らしをたてるために、山で薪をとって、町へ売りに行くことにした。薪を運ぶ山の行き帰りには「論語《ろんご》」や「大学」という、中国の古い書物を繰《く》り返《かえ》し読んだ。

その姿こそ、かの有名な、「薪を背負い、歩きながら本を読む二宮金次郎像」である。

しかし、16歳のときには母も亡くなり、弟二人は母の実家に、金次郎は父方の叔父《おじ》に引き取られることになった。

「自分の力で暮《く》らしができるようになったら、必ず呼《よ》び戻《もど》す。それまでのしんぼうだ」

弟に言い聞かせた金次郎は、一日でも早く再び兄弟3人で暮らしたいという思いで、懸命《けんめい》に働き、学んだ。

叔父《おじ》の家に世話になり始めてからも、金次郎は1日の仕事の後、夜遅《よるおそ》くまで本を読んでいた。しかし、それを叔父は、こころよく思わなかった。

「農民が学問をしてなんになる。行灯《あんどん》の油代だって、ただではないんだ。明かりを消して早く寝《ね》ろ」

そこで金次郎は、自分の力で油を手に入れることにした。油の原料である菜《な》の花《はな》の種《たね》、「菜種」を取るために、川の土手沿《どてぞ》いの荒れ地に一握《ひとにぎ》りの種を植えたのだ。すると100日程度で、七升《しょう》（約13リットル）もの菜種が取れた。

「これを油と取《と》り替《か》えて下さい」

こうして村の油屋で一文《いちもん》も使うことなく、金次郎はたくさんの油を手に入れたのだった。

また、ある日のこと。金次郎は田植えの終わったあぜ道に捨《す》てられていた苗《なえ》を見つけ、拾い上げた。

「もったいないなあ」

まだ青々としていた苗を、金次郎は使われなくなった用水路わきの荒れ地に植え、時々手入れをした。すると苗はすくすくと育ち、秋には一俵《いっぴょう》もの米が取れたのだ。

こうした荒れ地に作った稲《いね》は、年貢《ねんぐ》として取り立てられることなく、自分のものにできるというのが当時の決まりであった。

「小さなことでも積み重なれば、大きな実りになるんだ」

金次郎はこれを「積小為大《せきしょういだい》」という言葉にして、自分の行いや考え方の基本にした。


そうした努力もあって、金次郎はついに20歳で生家《せいか》を再興《さいこう》させ、親の代に手放した田畑を買い戻すことができた。さらに、暮らしに困《こま》った村人には無利子《むりし》でお金を貸し、都合《つごう》のついたときに返金してくれればよいとした。お金を借りた村人は、金次郎の好意にこたえ、自分で利息を決めて返した。

「親を亡くした少年が、今では村でも指折《ゆびお》りの地主《じぬし》になっているらしい。働き者で、しかも学問もあって、経済《けいざい》にも明るいらしい」

小田原藩《はん》の侍《さむらい》たちの間にも、金次郎の評判は届いた。これを聞いた家老《かろう》の服部十郎兵衛《はっとりじゅうろべえ》は、26歳になった金次郎を雇《やと》い入《い》れて屋敷《やしき》に住み込ませ、子どもたちの教育係に任命した。

ここで金次郎は、地理や算術、さらには漢学（中国の学問）などの学問を深めていくことになる。

しかし、実は金次郎を雇った服部家は、ぜいたくな暮《く》らしが原因で、その財政は破綻寸前《はたんすんぜん》であった。服部家は、金次郎が財務処理能力《ざいむしょりのうりょく》に長《た》けていることに目をつけ、経済《けいざい》の立て直しを依《い》頼《らい》した。

すると金次郎は、徹底《てってい》した倹約《けんやく》と借金の返済《へんさい》で、傾《かたむ》きかけたこの武家の財政を、わずか4年で再建したのだった。この間に、金次郎は妻と子をもうけた。

この働きを知った小田原藩藩主・大久保忠真《おおくぼただざね》は、分家《ぶんけ》である旗本《はたもと》・宇津《うつ》家《け》の領地で、荒廃《こうはい》している桜町《さくらまち》の復旧を金次郎に命じた。農民ではなく、大名の家臣である小田原藩士として登用された金次郎は、その再建に全力を尽《つ》くすために田畑や家、家財道具を処分《しょぶん》して、妻子とともに桜町へと赴任《ふにん》した。

最初から上手《うま》くいったわけではなかったが、金次郎の誠実《せいじつ》な人柄《ひとがら》がしだいに伝わり、村人は変わり始め、桜町は10年の歳月《さいげつ》を経て見事に復興したのだった。

金次郎の思想の根底には、人のために尽くす「徳」という考え方があった。55歳のときにはその功績が讃《たた》えられ、幕臣《ばくしん》（将軍《しょうぐん》直属の家臣《かしん》）に登用されたのを機に、名前を尊徳《そんとく》と改めた。

その名は広く知られ名声は上がったが、金次郎は「（偉《えら》くなって）駕籠《かご》に乗っては、土はわからぬ」といって、自分の生活を変えることはなかった。金次郎は生涯《しょうがい》を「人づくり」に捧《ささ》げた。金次郎が再建した町村は、実に６００以上にのぼると伝えられている。

１８５６年、金次郎は70歳でその生涯を閉《と》じた。

「わたしに立派《りっぱ》な墓はいらない。土《ど》まんじゅうの墓のそばに、一本の木を植えてくれれば、それで十分だ」

と言い残したと伝えられる。

金次郎は知っていた。一本の苗木《なえぎ》がやがて大木《たいぼく》になり、大地に強く根をはり、森となって国土を支えることを。

金次郎は知っていた。一人の若者がやがて大人となり、家族や周囲の人々、そして日本を支える人物になることを。

金次郎の死から100年も経っていない、20世紀の半ば。日本は英米に宣戦布告《せんせんふこく》し、太平洋戦争に突入《とつにゅう》した。

この時すでに日本は、国家総動員法という法律《ほうりつ》によって、すべての人や物資は、政府が運用できる体制にあった。武器や兵器の原料になりうるもの、例《たと》えば、鉄鋼《てっこう》、銅《どう》、亜鉛《あえん》、鉛《なまり》、ゴムなどはすべて軍が優先的《ゆうせんてき》に使用できるよう定められていたのだ。

太平洋戦争開戦から4年後、連合国軍に押《お》され劣勢《れっせい》となった日本は、飛行機や船、鉄砲《てっぽう》の弾《たま》などを作るための金属が不足するようになった。

そこで、各家庭にある鍋《なべ》や釜《かま》などの金属類はもとより、お寺の鐘《かね》に至《いた》るまで、無償《むしょう》で差し出すよう指示が出された。

それでも金属は足りない。そして、目をつけられたのが、銅のかたまり――二宮金次郎像であった。

全国にあった金次郎の像は集められ、鋳溶《いと》かされた。

若者の未来を願った金次郎。彼《かれ》の銅像は、若者を死地《しち》に運ぶ乗り物の材料として、あるいは若者の命を奪《うば》う武器として、その姿《すがた》を変えた。

（作　桃戸ハル）

報恩記《ほうおんき》

〈「マカオの陣内《じんない》」の告白〉

神父《しんぷ》様、これからあっしが話すことを、ほんとうに秘密《ひみつ》にしていただけますか。もし他人《たにん》に話されちまうと、文字通《もじどお》り、あっしの首が飛ばされちまうもんでね。

誰《だれ》にも言わねえと、ほんとうに約束《やくそく》していただけますか。

分かりました、では、お話ししましょう。

神父様は、「マカオの陣内」という名前を聞いたことがおありですか？　そうです、あの有名な大悪党《だいあくとう》です。盗《ぬす》みに殺《ころ》し、なんでもやるが、一度も捕《つか》まったことがねえ。忍術《にんじゅつ》を使うなんていう噂《うわさ》もある。しかも、その顔を見た者はいねえという、あいつです。

実はね、「マカオの陣内」というのは、あっしのことなんですよ。

驚《おどろ》くのも無理はございません。「顔を見た者はいない」というのは大げさかもしれませんが、あっしが正体《しょうたい》を明かした人間なんて数えるほどしかいませんから。

いいえ、今日《きょう》こちらに参ったのは、あっしの悪事を赦《ゆる》してもらうためじゃありません。どうせあっしの罪《つみ》なんて、謝《あやま》ったところで赦されるようなものじゃありません。

今日は、あっしの知り合いの「パウロ」という哀《あわ》れな男の魂《たましい》が、天国に行けるようにと、お願《ねが》いしに参ったのでございます。

順《じゅん》を追《お》って説明《せつめい》しましょう。

あれは、2年前の冬の夜のことです。木枯《こが》らしが強く吹《ふ》いていて、ちょっと物音をたてたくらいではまったく聞こえない、盗みをするにはもってこいの夜でした。

あっしはいつものように旅の僧侶《そうりょ》の格好《かっこう》をして、京都の町を物色《ぶっしょく》していました。そして夜がふけたころ、北条屋弥三右衛門《ほうじょうややそうえもん》という表札《ひょうさつ》のかかった一軒《いっけん》の屋敷《やしき》を見つけました。

立派《りっぱ》な屋敷です。中をのぞいても人の気配《けはい》がしません。今夜はここを仕事場にしよう。そう思い定め、塀《へい》をよじ登り、屋敷に忍《しの》び込《こ》みました。

庭も、廊下《ろうか》も、建物《たてもの》全体がとても風流《ふうりゅう》なしつらえになっていて、相当な名家であることがわかりました。あっしは抜《ぬ》き足差《あしさ》し足《あし》で廊下《ろうか》を進みながら、その趣味《しゅみ》のよさに感心しておりました。ええ、あっしぐらいになりますと、盗みの最中《さいちゅう》でもそういうところにも目がいくものでございます。で、暗い廊下を進みますと、奥の部屋に薄《うす》く明かりがついている。

そして、急に人の気配がしたのです。いえ、それでびっくりなんかはいたしません。そこで動揺《どうよう》しているようなら、あっしはとっくに捕まってますよ。

まぁたしかに、そのまま引き返そうかとも思いました。でも、こんな夜ふけに名家の人間が何をしているのかって、ちょっと興味もわいてきました。

もしかしたら、名家ならではの、風流な趣味でも見られるのかもしれねえ。そんな興味に、あっしは身をゆだねることにしました。

さらに奥《おく》まで進んで、襖《ふすま》のすき間から部屋の中をのぞきますと、老夫婦《ろうふうふ》が背中《せなか》を丸めて座《すわ》っていました。手前の老女《ろうじょ》は、泣《な》いているのか背中を震《ふる》わせておりました。

その正面に座っている白髪《はくはつ》の男、おそらくは屋敷の主人の北条屋弥三右衛門であろう老人も、うなだれております。そして、うなだれながらぼそぼそと、こうもらすのです。

「イエス様、なにとぞ私たち夫婦にお力をお恵《めぐ》みください……」

お祈《いの》りでした。目を閉《と》じたまま、祈りつづけています。

その横顔をじっと見つめるうち、あっしはハッと気がつきました。

間違《まちが》いない、あの人だと。

20年以上前の記憶《きおく》が鮮《あざ》やかによみがえりました。

当時、あっしは中国のマカオで泥棒《どろぼう》をしておりました。といってもそのころはまだ駆《か》け出しで、仲間《なかま》の盗《ぬす》っ人《と》の上前をはねるような、汚《きたな》い真似《まね》をしておりました。

ある時、その汚い真似がばれて、盗っ人仲間に捕《つか》まりました。そして、全身を縄《なわ》でぐるぐるに縛《しば》られ、崖《がけ》から荒《あ》れ狂《くる》う海へと突《つ》き落《お》とされたのです。

死んでたまるか。あっしは息を止め、身体《からだ》をよじって必死《ひっし》にもがき、岸を目指しました。しかし、そうそう息が続くものでもありません。すぐに身体がだるくなりました。そして、意識もだんだん遠のいていきました。もはやこれまでか、と覚悟《かくご》を決めました。その時です。何か強い力で自分の身体が海から引き揚《あ》げられるのを感じました。

息が楽になって、意識が少しずつはっきりしてきました。ああ、俺《おれ》は助かったんだ。そう思いながら目を開けると、あっしは見ず知らずの船乗《ふなの》りに抱《かか》えられておりました。

そうか、この船乗りが俺を助けたんだな。こう見えて、あっしは恩義《おんぎ》には厚《あつ》い人間です。息もたえだえになりながらも船乗りに礼《れい》をいい、せめて名前を教えてほしいと頼《たの》みました。

しかし、船乗りは、「たいしたことをしたわけじゃない」と言って、名乗ることなくそのままその場を立ち去りました。

襖《ふすま》のすき間から見えた老人の横顔は、まさにその船乗りの顔でした。北条屋弥三右衛門こそ、あっしを助けてくれた命の恩人だったのです。

こみ上げる思いを必死にこらえながら、あっしは弥三右衛門の祈りを聞いておりました。やがて弥三右衛門は、長い祈りを終えると静かに老妻《ろうさい》に言いました。

「あとは何が起こっても、神様の御心《みこころ》として受け止めるしかない」

老妻は、消え入りそうな声で返事をしました。

「はい……ただ……」

「言うな。持ち船の北条屋丸が沈《しず》んだのも、人に貸《か》した金が返ってこないのも、いまさらどうこうできるものではないのだから」

「いえ、そのことではありません。せめて弥三郎《やさぶろう》がいてくれたらと……」

「あんな息子《むすこ》、頼りにはならないよ。あいつが家の金をどれほど博打《ばくち》で無駄《むだ》にしたか、考えても見なさい。あの金があれば、せめて急場《きゅうば》をしのぐことくらいはできたに違いないんだ。あいつを勘当《かんどう》したのは正しかったのだよ」

「私たち、もう死ぬしかないんでしょうか……」

「キリスト教徒《きょうと》である私たちに、自殺は許《ゆる》されない。できることといえば、財産《ざいさん》をすべて手放して、少しでも借金《しゃっきん》を減《へ》らすことだ」

「ああ、親子で洗礼《せんれい》を受けたころが、一番楽しかった」

老女がまたすすり泣きます。弥三右衛門もうなだれている。それを見て、あっしは心を決めました。襖を開いて、二人の前に姿《すがた》を現《あらわ》したのです。弥三右衛門が驚《おどろ》いて叫《さけ》びました。

「誰だ、お前は?」

「驚かせてすみません、あっしは、マカオの陣内と申します」

「何、お前があの、大悪党の?」

「はい」

「その悪党が、いったい何の用だ」

あっしは、20年前、主《あるじ》に助けられた時のことを丁寧《ていねい》に説明《せつめい》しました。

「……そういうわけですから、あっしはあなたに恩義があるのです。その恩義を今、お返しいたします。教えてください、北条屋の危機《きき》を救うためには、いくら必要なのですか？」

六千貫《ろくせんがん》という答えが返ってきました。

大金です。でも、あっしは約束しました。

その金、3日間のうちに用意してみせると……。

おかしいな……神父様、外に何やら気配を感じます……。

おっと、こいつはいけねえ、今夜はこれで失礼します。続きはまた明日《あした》。

神父様、しつこいようですが、くれぐれも他言《たごん》は慎《つつし》んでくださいね……。


〈北条屋弥三右衛門の懺悔《ざんげ》〉

神父様、どうか私《わたし》の懺悔をお聞きください。そして、この哀《あわ》れな罪人、北条屋弥右衛門にも、神のご加護《かご》を祈っていただきたいのです。

私は罪人です。神父様は、「マカオの陣内」という名前をご存じでしょうか。そう、最近さらし首になった、あの大悪党です。実は私は、あの男に大きな恩があるのでございます。どういうことかと申しますと、あの男に、背負《せお》っていた大借金を肩代《かたが》わりしてもらったのでございます。あの男に言わせれば「私への恩返し」ということになるのだそうです。どうやら私はかつて、あの男の命を救ったことがあるのだそうで……。

私には覚えがありませんでした。ただ、追《お》い詰《つ》められていた当時の私には、陣内にすがるよりほかに、生きていく方法がなかったのです。

私の借金が六千貫であると告げると、あの男はしばらく口をつぐんでから、言いました。

「3日間、待《ま》ってください。必ず六千貫をご用意しましょう」

それから3日目の夜のことです。

深夜、息を殺して陣内を待っておりますと、庭から、なんとも激《はげ》しい物音が聞こえてきました。私が庭の引《ひ》き戸《ど》を開《あ》けますと、人影《ひとかげ》が二《ふた》つ、もみ合っているのが見えました。

「何をしている！」

そう叫《さけ》んだとたん、人影の一つが塀《へい》を乗《の》り越《こ》えて、逃《に》げていきました。庭に残ったもう一《ひと》つの影が、のっそりと近づいてきます。

「お待たせしました」

月明りがその人影の顔を照《て》らしました。太い眉毛《まゆげ》に厚《あつ》い唇《くちびる》――。陣内でした。

では、もう一人《ひとり》は誰だったのか。

「わかりません。捕まえて顔を見ようとしたのですが、取《と》り逃《に》がしました」

その一人のことが気にはなりましたが、この夜の本題はそれではありません。私は陣内を部屋に招き入れて、尋《たず》ねました。

「金は、用意できたのか？」

それに答える代わりに、陣内は、腹《はら》にまいていた風呂敷《ふろしき》を広げました。金が床《ゆか》にバラバラと散らばりました。ただ見たところ、どうも六千貫に届《とど》かぬようにも思えました。

するとと陣内は言いました。

「安心して下せえ。実はね、昨日《きのう》のうちに大半が用意できていたのですが、どうしても、二百貫《かん》だけ足りなくて。昨日までの分は昨日のうちに屋敷の床下に隠《かく》しておきました。どうせさっきのやつも、その金をどこかでかぎつけて、忍び込んだに違いありません」

そう言って陣内は床下に潜《もぐ》り込《こ》み、五千八百貫を持って戻《もど》ってきました。

「さあ、これで合わせて六千貫だ。どうぞお納《おさ》めください」

その金がどこから来たものか、私にはわかりません。おそらく出所《でどころ》は、ろくでもないところでありましょう。それでも私は陣内に頭《こうべ》を垂《た》れました。

その陣内の金で、借金はすべて返すことができました。私が今、こうして暮《く》らしていられるのは、あの大悪党のおかげなのです。

それ以来、私は人知れずマリア様に祈っておりました。どうか陣内が幸せになれますように。どうか陣内の上に、神様の祝福《しゅくふく》がありますように、と。

その陣内がさらし首になったと聞いたのは、昨夜《さくや》のことです。

私は人知れず、涙を流しました。陣内のこれまでの行状《ぎょうじょう》から考えれば、さらし首は当然の報《むく》いなのかもしれません。でも私にとってはやはり恩人なのです。せめて、陣内が天国へ行けるように陰《かげ》ながら祈ってやりたい。そう思って先ほど、首がさらされているという橋へ行きました。

橋のほとりにはすでに、大勢《おおぜい》の人だかりができていました。その人だかりをかき分けて、私はそのさらし首の前に出ました。

あまりのことに、私は息をすることもできなくなりました。さらされているその首が、陣内のものではなかったからです。しかも、うすい眉毛に、うすい唇。わずかに微笑《ほほえ》んでいるようにも見えるその顔は、私が忘《わす》れもしない顔だったのでございます……。


〈「パウロ」の祈り〉


神様、神様。

もうすぐ、夜が明けると、俺《おれ》は首をはねられることになっています。しかし、そうなっても俺の魂《たましい》は、小鳥のように、あなたのおそばに飛んでいくでしょう。

いや、悪いことばかりしてきたから、地獄《じごく》いきでしょうか。でも、それでも満足です。生まれてこの方、こんなにうれしい気持ちになったことはありません。

一週間くらい前の、しんと冷《ひ》えた冬の夜のことです。俺は北条屋の屋敷に忍び込みました。もちろん、金目の物を盗むためです。

しかし、屋敷の庭先で、どういうわけかとある男ともみ合いになりました。その男、僧侶《そうりょ》のような格好《かっこう》をしてはいましたが、身のこなしは僧侶のそれではありませんでした。力も強く、俺は圧倒《あっとう》されました。そこへ、引き戸の開く音が聞こえてきました。ふと、腕《うで》をつかんでいた男の力が緩《ゆる》みました。そのすきをついて、俺はさっと逃げました。しばらく逃げてから、あの男のことが気になりだしました。何者だろうか。危険《きけん》と知りつつ、俺はもう一度、屋敷に忍び込みました。

そこで、あの男と北条屋の会話を聞きました。そして、あの男が天下の悪党、マカオの陣内であることを知りました。マカオの陣内、その名前は、俺たち盗っ人の間では有名でした。俺は屋敷の前でしばらく待ち伏せし、出てきた陣内の後をつけました。

そして、しばらくしてから声をかけました。自分の素性《すじょう》を明かし、「弟子《でし》入りさせてほしい、あなたのためならなんでもします」と頼んだのです。

ところが陣内は首を縦《たて》に振《ふ》らなかった。そればかりか、あの男は「この小物《こもの》めが、せめて親孝行《こうこう》でもしやがれ」と言って、俺を殴《なぐ》ったのです。

あこがれていた分、恨《うら》みも百倍《ばい》でした。その時のことが悔《くや》しくて、頭から離《はな》れなくなりました。この悔しさを晴らさずには、生きていくことはできないとすら思いつめました。

どうしたら陣内を見返すことができるのか。考えに考えた末、とうとう俺は、その方法を思いつきました。思いついたら、すぐに行動しました。

俺は別の屋敷に盗みに入ってわざと捕まりました。そして名乗ったのです。

「われこそは、天下の大悪党、マカオの陣内なり！」

あの男の顔を知るものはいません。だからあの瞬間《しゅんかん》に、俺はあこがれの「マカオの陣内」になったのです。

明日の朝、俺はマカオの陣内として、さらし首になります。あの男の罪をすべて背負い、あの男の命を救う。あの男が小物呼《よ》ばわりしたこの俺に、あの男は命を救われるのです。

いや、そればかりではありません。北条屋はあの男に恩義があります。その恩義を、同じ北条屋の人間として、あの男に返すことができるのです。

俺は罪の深い人間です。実際に悪事を働《はたら》き、親に迷惑《めいわく》をかけ続けた男です。しかし俺は、親とともに洗礼《せんれい》を受け、洗礼名をいただいたクリスチャンです。

ああ神様、俺はどうなってもかまわないですから、父親と母親、それにマカオの陣内を、どうか祝福《しゅくふく》してやってください、この哀《あわ》れなパウロ弥三郎に免じて。

(原作　芥川龍之介、翻案　吉田順)

上司のアドバイス

辞《や》めたい。ことあるごとに、そう思う。

今の会社に就職《しゅうしょく》して3年。やりがいや楽しみよりも、つまずきや苦しみのほうが多いように感じてしまう。理不尽《りふじん》に怒鳴《どな》られることも、深夜まで残業を課されることも、しょっちゅう。「辞めてやる！」と同期にこぼしたことも、一度や二度ではない。

それでも、なんとか挫折《ざせつ》せず、私《わたし》が最後の最後で踏《ふ》みとどまれているのは、すばらしい上司が一人だけいるからだ。

その上司は、見た目で言えば、正直さえないオジさん部長だ。年齢《ねんれい》だって私の父と何歳か違《ちが》うだけ。20代半ばの私とは、性別も境遇《きょうぐう》も立場も価値観《かちかん》も違うのに、私が悩《なや》んだときに部長がアドバイスしてくれることは、どれも、私の心に真摯《しんし》に寄《よ》り添《そ》ってくれるものだった。部長の言葉を聞いていると、不思議と、まるで同年代の親友から慰《なぐさ》められているかのように感じるのだ。

本当の親友——大学時代を一緒《いっしょ》に過ごした友人も、たくさんいる。けれど、大学から社会に出て環境《かんきょう》が変わると、友人たちは、学生時代ほど私と一緒に悩んだり考えたりはしてくれなくなった。「あなたの考えは甘《あま》いよ」とか、「同じような悩みは誰《だれ》だってもってるから」とか、「そんなに嫌《いや》なら辞めちゃえば？」とか。

そんな、妥協《だきょう》を勧《すす》めるような、0か100かの答えが欲《ほ》しいわけじゃない。もつれた糸を解きほぐす方法を一緒に考えてくれる、そんな言葉があったら嬉《うれ》しかったのに——と思うのは、私のわがままなんだろうか。

もっとも、部長だって、はじめから適切なアドバイスをくれたわけではなかった。

あるとき、直属の上司から任された書類整理が終わらなくて、深夜まで残業していたことがあった。お腹《なか》もすいたし、疲《つか》れたし、帰りたい帰りたいと思っていたら、部長が声をかけてくれたのだ。

「きみが頑張《がんば》っていることは、みんな知ってるよ」

要領の悪さを批判《ひはん》するわけでもなく、無責任に励《はげ》ますわけでもなく、ただ寄り添うような言葉。力はなかったかもしれないけれど、「自分だけが……」という孤独感《こどくかん》にさいなまれていた私にとって、その言葉は何よりも嬉しかった。

そして、静かに気づかうその声に、気づけば私は、ありとあらゆる不満を吐《は》き出していた。

仕事を押《お》しつけて自分だけ帰ってしまう上司への不満。

それを暗黙《あんもく》のルールにしている会社への不満。

その暗黙のルールに違和感《いわかん》を抱《いだ》きながらも何も言わずにいる、先輩《せんぱい》たちへの不満。

口を閉《と》じておくためのストッパーがなくなったのかと思うほど、私はしゃべり続けた。その間、部長は怒《おこ》るわけでもなく、理詰《りづ》めで説得するわけでもなく、そろそろ帰りたいという雰囲《ふんい》気《き》をにじませるでもなく、ただただ黙《だま》って聞いていてくれたのだ。

翌日《よくじつ》、給湯室《きゅうとうしつ》でコーヒーをいれていると、部長がやってきてこう言った。

「昨日《きのう》、きみが話してくれた悩みだけどね。嫌な上司のことを、ムリに好きになろうとする必要は、ないんじゃないかな。ウマが合わない人間っていうのは、どこにでもいるからね。俺《おれ》は彼《かれ》の上司でもあるから、かばうわけじゃないんだけど、悪いやつではないんだ。ただ、『合う、合わない』は絶対にあるから。ムリに『好きにならなくちゃ』なんて、考えることはないんだよ。それでも何か納得《なっとく》のできないことがあったら、俺とグチを言い合うことで、少しでも楽になれないかな？　それにきみは、洋服が好きでこの仕事を選んだんだろう？　ちょっと性格が合わない人間がいるっていうだけであきらめるのは、もったいないよ。きみは一生懸命《けんめい》、仕事に向き合っているし、向いていると思う。きみから、この仕事を奪《うば》う権利《けんり》なんて、誰にもないんだから」

低く、優《やさ》しく、体にしみ渡《わた》るような声に、胸《むね》のささくれが治《なお》ってゆくような気がした。

部長の声があわてたように私の名を呼《よ》び、そのとき初めて、私は涙《なみだ》を流していたことに気づいたのだった。

それ以来、私は仕事や人間関係で悩んだり迷ったりしたときは、部長に相談するようにしている。彼は、その場ですぐに答えをくれるわけではない。数日後に、「そういえば、この前きみが話していたことだけど……」と声をかけてくれ、そうすると必ず胸にすとんと何かが落ちるようなアドバイスをしてくれるのだ。

その場ですぐに答えをもらえなくても、それがかえって、部長が真剣《しんけん》に考えてくれていると感じられる。すると、友人たちと疎遠《そえん》になりつつあった私の気持ちは、嬉しさに満たされるのだった。

こんな的確なアドバイスをしてくれる人は、ほかにいない。インターネット上には、不特定多数の人から回答が得られるサイトなんかもあるけれど、そこに投稿《とうこう》するより部長に相談するほうが、よっぽど有意義《ゆういぎ》だと思った。

休日の自宅。多くの人の多くの悩みが散乱《さんらん》するインターネット上の掲示板《けいじばん》を凝視《ぎょうし》しながら、私は確信した。

数日後。

私はまた深夜まで会社に残って作業をしていた。先日、仕事で失敗し、そのリカバリーをしなければならなかったのだ。「どうしてあんな失敗を……」と考えれば考えるほどに作業する手は遅《おそ》くなり、ため息とともに何度も止まりそうになる。止まればさらに深く考え込《こ》んでしまうという悪循環《あくじゅんかん》の繰《く》り返《かえ》しを、もう何度したことか。

やっぱり、この会社、この仕事は、私には合っていないのかもしれない。

そう思って、またため息がこぼれそうになったときだった。

「よう」

低く、優しく、体にしみ渡るような声に顔を上げると、そこには、とっくに帰ったと思っていた部長が立っていた。

「ご苦労さん。疲《つか》れたろ。これ、どうぞ」

そう言って、部長が何かを投げてくる。反射的《はんしゃてき》に受け取ると、手の中にぬくもりが落ちた。

缶《かん》コーヒー――いや、あたたかいカフェラテだった。

「ブラックより、そういうのが好きなんだろ？」

こんなことまで気にかけてくれる上司は、そうそういないと思う。本当に、もったいない上司だ。

「今回は大変だったね。ずいぶん悩んでたみたいだけど、少しは落ち着いたかい？」

「ええ、まあ……」

答えた声は、自分でもわかるくらい落ち込んでいた。まったく気持ちが落ち着いていないことを自白したようなものだ。部長の太い眉《まゆ》が、くしゅっと下がる。

「そう簡単《かんたん》には割《わ》り切れないか。ま、そりゃそうだよなぁ」

近くのデスクに腰を預《あず》け、部長が自分の缶コーヒーを開《あ》けた。当たり前のように、砂糖《さとう》もミルクも入っていない。ごくりとそれを飲んでから、部長は息を吐《は》いた。

「俺もね、きみの気持ちになって考えてみたんだ。俺だって若いころ、失敗なんて山ほどしたよ。そのたびに上司に怒鳴《どな》られて、きみと同じように残業もした。なんでこんな失敗したんだろうって、長いこと考えてねぇ。でも、終わったことより次のことを見るように心がけたんだ」

「次のこと……？」

私のつぶやきに、部長が唇《くちびる》に笑《え》みを含《ふく》む。

「失敗は、未来のための武器だよ。失敗した人間のほうが、人間としては強い。同じ失敗をしないために慎重《しんちょう》になるのはもちろん、他人から信頼《しんらい》を得ることにも懸命になるから、自然と人間関係の構築が丁寧《ていねい》になる。きみは今回のことで、強い武器を手に入れたんだ。もちろん、どう使うかはきみ次第《しだい》だが……失敗したことで後戻《あともど》りしたんじゃなくて、前に進むためのガソリンを、ほかのやつらより多く手に入れたと、そう考えてみたらどうかな？」

部長の言葉が、耳の奥《おく》にしみこんでくる。たまらず、私は両手で顔をおおっていた。

「おいおいおい……」と、あわてた声が近づいてくる。

「泣くなよ。言っただろ？　失敗なんて、誰にでもあるんだからさ」

「違います。失敗したから泣いてるんじゃありません。部長のアドバイスを聞いていたら、涙が出てきちゃって……」

部長の気配《けはい》が、安堵《あんど》したようにゆるむのがわかった。

「俺は、女を泣かせるような上司じゃないだろ？」

少しおどけて笑みを含んだ声に、こちらの気持ちもゆるんだ。これで、心は決まった。

「部長、ありがとうございました。私、この会社を辞める決心がつきました」

私がそう言ったとたん、部長が頬《ほお》を引きつらせた。缶コーヒーを口に運ぼうとしていた手もピタリと止まる。

「なんでそうなるの？」

尋《たず》ねてくる声は、今まで聞いていた声より高い。素《す》で驚《おどろ》いていることが、ありありとわかった。でも、私は思い出していた。先日、ネットサーフィンしていたときに見つけたものを。

「私、部長のアドバイスが本当に嬉《うれ》しかったんです。私の悩みを真剣《しんけん》に考えてくれるのは、部長だけでしたから。でも、この前、ネットでたまたま見ちゃったんです。私、あまりそういうの見ないんですけど、『仕事のお悩み解決サイト・女性版』というものです」

その言葉が出た瞬間《しゅんかん》、部長が目を見開いた。その反応こそが答えだった。

「部長は、もちろん知ってますよね。誰かが悩み相談を投稿《とうこう》して、それを見たいろいろな人が、その人の悩みに答える、というあれです。この前の休みに、私と同じような会社での悩みを投稿している人がいるな、と思って何気《なにげ》なく見ていたんです。そうしたら、『ベストアドバイス』に選ばれていた回答に、覚えがあったんです。この意味、わかりますよね？」

部長は私をじっと見つめたまま、まばたきさえしない。柔和《にゅうわ》だった顔つきが、今ではまるで獅子《しし》のようだ。手に持ったコーヒーの缶が小刻《こきざ》みに震《ふる》えている。それを見つめながら、私は繰《く》り返《かえ》した。

「わかりますよね？『ベストアドバイス』に選ばれていた答えは、部長が私にアドバイスしてくれたものと、まったく同じものでした。しかも、ひとつだけじゃありません。つまり部長は私から聞いた悩みを『お悩み解決サイト』に、さも自分の悩みのフリをして投稿して、寄せられたアドバイスの中から気に入ったものを、私に話していたんですよね？いかにも、自分がそのアドバイスを考えたような顔をして」

缶を持つ部長の手が赤くなっている。怒りか、羞恥《しゅうち》か、屈辱《くつじょく》か。もはや、私にとってはどれでもいい。本当に言いたかったことは、ここからだ。

「いちばん最近の悩み相談で『ベストアドバイス』に選ばれていた答えも、もちろん覚えてますよね？　そうです。今まさに、部長が私に言ったことです。『失敗を経験した人間は強い。慎重にもなるし、人間関係にも気をつかうようになる。だから失敗は武器であり、ガソリンだ……』。これって、じつは、私があのサイトに書《か》き込《こ》んだアドバイスなんですよ。部長のしているきとに気づいたから、書き込んでみたんです。そうしたら、部長は私のアドバイスを『ベストアドバイス』に選んでくれました」

部長が、ギロリと目を上げた。ふっと、その唇《くちびる》が弓《ゆみ》のように曲《ま》がる。それは、かつて部長が私に見せていた穏《おだ》やかで包容力のある笑みではなく、暗く、どす黒い笑みだった。

「それに何か問題でもあるのか」

吐《は》き捨《す》てるような声には、優しさのカケラも、ねぎらいの気配もない。乱《らん》暴《ぼう》にデスクに置かれた缶から、コーヒーのしずくがわずかに飛んだ。

両手の親指をスラックスのポケットに引っかけた部長が、威嚇《いかく》するように目を細めた。

「おまえだって、そのアドバイスが役に立ったんだから、いいじゃないか。そもそも、俺とおまえじゃ性別も違うし、年齢だって親子ほど離《はな》れてるんだ。そんなやつに親身なアドバイスなんかできるわけないだろ。それに、こっちだって必死なんだよ」

片方《かたほう》の手を胸の前に持ち上げて、それを何度か握《にぎ》る仕草《しぐさ》をする。忌々《いまいま》しいものを握り潰《つぶ》そうとしているかのようだった。

「おまえらみたいな若い連中は、『仕事が合わない、上司が悪い』と言って、簡単《かんたん》に会社を辞めちまう。部下が辞めたら、上司である俺たちの評価が下げられるんだよ。そうなると、ボーナスに響《ひび》くんだ。ただでさえ安月給なうえにボーナスまでカットされたんじゃ、たまったもんじゃない。そういうツラさが、おまえにわかるか？　なあ⁉」

語調を荒《あら》げて、部長が一歩こちらに近づいてくる。私は二歩うしろへ下がって、それでも目だけはそらさなかった。

「おまえらは、自分が悲劇《ひげき》のヒロインであるように語ることだけは達者だが、俺に言わせりゃただの甘《あま》えなんだよ。つきあわされてるこっちの身にもなれってんだ。それとも、なにか？

おまえが俺の悩みを聞いてくれんのか？」

「いいえ。やっぱり、ここは辞めさせていただきます」

私はキッパリそう言って、首から社員証《しゃいんしょう》をはずした。とたんに肩《かた》と首のコリがほぐれたように思う。やっぱり、ここは私のいるべき場所ではない。

「人の言葉を、さも自分の言葉のように語って手柄《てがら》にする、あなたのような上司のもとでは、働けませんから」


（作　桃戸ハル・橘つばさ）

生と死の間で

気がつくと俺《おれ》は、この暗くて狭《せま》い場所に閉《と》じ込《こ》められていた。

ここは、いったい、どこだ？　暗くて何も見えない。

記《き》憶《おく》をさかのぼってみる。そうだ、俺は、街《まち》で車を運転していた。バックミラーにはパトカーが映《うつ》っている。速度メーターは１５０キロ。追いかけられていたんだ。

急カーブが迫《せま》ってきたが、パトカーを振《ふ》り切《き》ろうと、逆にアクセルを踏《ふ》んで加速した。視《し》界《かい》が斜《なな》めになり、逆転した。車は横転、そのまま壁《かべ》に激《げき》突《とつ》して……。

そこで記憶が終わっている。

俺は、死んだのか？　いや、「我《われ》おもうゆえに我あり」だ。俺は今、こうして生きている。

ただ、車が１５０キロで横転しながら壁に激突したのだから、死んだと思われても仕方がない。死んだと見なされ、ここに入れられたのだ。おそらくここは、棺《かん》桶《おけ》の中だろう。

しかし、このままいくとどうなる？

考えたとたん、急に恐怖《きょうふ》が襲《おそ》ってきた。

冗談《じょうだん》じゃない、このままじゃ生きたまま火葬場《かそうば》行きだ。火あぶりなんて最悪の拷問《ごうもん》じゃないか。どこかに出口はないのか？　手さぐりをし、棺桶の壁を蹴《け》って壊《こわ》そうとしたが、手足がうまく動かない。声を出そうとしても、口も動かないし、声も出ない。

事故で怪我《けが》を負《お》ったのだろうか。あるいは両手両足とも失《な》くしてしまったのかもしれない。足元をのぞき込むが、暗くてよく見えなかった。もしかすると、暗いのではなく、視力を失《うしな》ってしまったのかもしれない。

周《まわ》りに誰《だれ》かいないのか。耳を澄《す》ませる。いったい棺桶はどこに置かれているのか、まるで電車が通過中の高架下《こうかした》なみに、雑音《ざつおん》がひどかった。

その雑音に紛《まぎ》れて、声が聞こえた。

まったく聞きおぼえのない男の声だった。

「5時間後には終わってますよ……今が朝9時ですから、2時ごろですね」

火葬の話をしているのだろうか。通常、火葬は約1時間。とすれば火葬が始まるのは1時ごろということになる。つづいて、これも聞いたことのない女の声がした。

「あの、上下が逆になっていたのは……」

車が横転した事故現場についての話かもしれない。女は事故の目撃者《もくげきしゃ》、男は刑事《けいじ》か葬儀社《そうぎしゃ》の人間か。いや、誰でも構《かま》うものか。

とにかく俺がここで生きていることを知らせなければならない。大声で助けを呼《よ》ぼうとした。だが、声が出ない。事故の衝撃《しょうげき》で喉《のど》をやられてしまったのだろう。

体中にありったけの力を込めた。すると、わずかに手足が動いた。さらに力を込めて、身体《からだ》を動かす。頼《たの》む、気づいてくれ、俺は生きてるんだ、早くここから出してくれ。

すると、また女の声が聞こえた。

「なんだか、さっきから動いているような……」

ようやく気づいてくれたか！　そうだ､俺は生きているんだ､さあ早く棺桶《かんおけ》から出してくれ！

必死に動くと、男が言った。

「耳は聞こえていますからね。我々《われわれ》の会話を聞いているのかもしれません」

何だと？　この男は、俺が生きているのをすでに知っていたのか？

「じゃあ、もうすぐだっていうことも？」

「おそらく、わかっているでしょう」

最悪だ、最悪の事態だ。こいつらは俺が生きていることを知っていた。わざと生きたまま火あぶりにして、俺が苦しんで死んでいくのを見物するつもりなのだ。

俺に相当な恨《うら》みを持っている連中であることは間違《まちが》いない。一体誰だ？　俺は、俺に恨みを持つ奴《やつ》の顔を思い浮《う》かべた。だが、途中《とちゅう》で断念した。数え切れなかったからだ。

俺はあらゆる悪事を積み重ねてきた。いろんな奴の恨みも買ってきた。一般《いっぱん》市民だけではない。対抗する暴力組織を襲撃したこともある。俺を恨んでいる人間なんて、それこそ星の数ほどいるのだ。

男と女の会話は、いつの間にか終わっていた。しかし、女の気配《けはい》は消えてはいない。見張られているのだ。もう逃《に》げられない。俺は観念した。

観念すると、さっきまで脱出《だっしゅつ》を試《こころ》みていた自分が、急に馬鹿《ばか》に思えてきた。苦笑しながら思った。こんな人生の終わり方のほうが、むしろ俺にふさわしいじゃないか。

ほんとうに、ろくでもない人生だった。父親は、俺が生まれる前に他に女をつくって家を出ていったらしい。母親は、俺を生んでからも男をとっかえひっかえしていた。

母親の交際相手も、全員、クズのような男たちだった。誰もが俺を罵倒《ばとう》し、殴《なぐ》り、蹴った。殴られる俺を、母親は気《き》の毒《どく》そうに見つめていたが、決して助けようとはしなかった。

食事も満足に与《あた》えられず、いつもきたない格好《かっこう》をしていた。だから小学校ではずっといじめられていた。家にも学校にも居場所《いばしょ》がなかった。

世の中の誰も、俺を気にかけてくれはしなかった。親もくそったれ、学校もくそったれ、世の中全部がくそったれだった。

中学で一気にぐれた。そこから先は、もう歯止めが効《き》かなかった。自分で自分を傷《きず》つけるように、無謀《むぼう》な悪事を繰《く》り返した。その悪事で、大勢《おおぜい》の人間を苦しめてきた。

この火あぶりの刑《けい》は、俺がやってきたことの報《むく》いだ。せいぜい苦しんで、のたうち回って、もがき苦しんで死んでやるさ。声は出なかったが、俺は心の中で大笑いした。

突然《とつぜん》、棺桶が激《はげ》しく揺《ゆ》れた。

震度《しんど》で言えば6か、7か。

身体《からだ》全体が大波にあおられるような、ものすごい揺れだ。

揺れは、１分ほど続いてようやく収《おさ》まった。

監視《かんし》の女が低くうめいる。

今の地震《じしん》で怪我《けが》をしたのかもしれない。

そこへ、さっきとは別の男の声が聞こえてきた。

「久しぶりだな」

「……お父さん」

と女が応《こた》えた。

監視の女の父親であるこの男も、俺の火あぶりショーのギャラリーだろうか。

「痛《いた》むのか？」

「……何の用？」

「いや実はな、金が必要なんだよ。10万でいい」

「お金なんて、ない」

「そんなわけないだろ。あのなあ、何も俺は、お前から金をふんだくろうというんじゃないんだぞ。しばらく金を貸してくれないかって、頼んでるんじゃないか」

妙《みょう》な話になってきたな。棺桶の中の俺をさしおいて、金を貸せ、貸さないの親子喧嘩《げんか》か。まあいい、メインディッシュが俺のあぶり焼きなら、この会話は前菜《ぜんさい》ってところだ。せいぜい味わってやるとしよう。男は続けた。

「なあに、すぐに倍にして返してやるさ。とにかく待ったなしなんだ。親が困《こま》っているのに、見捨《みす》てる子どもがどこにいるんだ‼　なぁ、誰のおかげで、これまで生活できてたと思ってるんだ？　今、金が必要なんだよ‼」

女はきっぱりと言った。

「お金は渡《わた》さない」

「なんでだ」

「このお金は、病院に払《はら》うお金なの」

病院？　どういうことだ。

「病院への金なんか、踏《ふ》み倒《たお》せばいいだろう！」

と、男は少しいらいらしたような声で言った。

「だいたい相手の男だって、俺やお前と同じなんだろ？　ろくな人間じゃないんだろ？　だったら生まれる子だってろくでなしだよ。そんなろくでなし、産《う》んでどうするんだ?」

なんだ、女は妊娠《にんしん》中なのか。

「この子は、あたしとは違《ちが》う。もちろん、お父さんともね」

「あ?」

「お父さんにいじめられて、あたしは道を踏《ふ》み外《はず》した。ぐれたし、どうしようもない生き方を続けてきた。男にだまされて、この子を宿《やど》した」

どうやらこの女も、俺と似たような、ろくでもない人生を歩んできたらしい。

「でも、そういうのは、この子には関係ない。この子の未来はこれから決まるの」

そんなもの、うまくいきっこない。

「お前、甘《あま》いよ」

そうだ、甘い。

「お前みたいなクズに、子育てなんてできっこない」

男は女を嘲笑《あざわら》うように言った。

そのとおりだ。この男の言うとおり、子育てなんて無理に決まってる。あんたや俺の親がそうだったように、どうせあんたも産んだあとで子どもを見捨てるに違いない。

ただ……頭では男と同じ意見なのに、心は男の言葉に強烈《きょうれつ》に反発していた。

産んでみなければわからないだろう！　娘《むすめ》が産むって言っているのに、なんで応援《おうえん》しないんだ！　お前はそれでも親か！　それでも人間か！

いつの間にか俺は、自分の危機《きき》をすっかり忘《わす》れて、棺桶の外の会話に夢中になっていた。我を忘れて男に怒《おこ》っていた。そんな俺とは対照的に、女は冷静な声で言った。

「お父さんに、口出しをする権利《けんり》はないわ」

「何だと？」

「……あたし、調べた。お母さんとあたしに暴力を振《ふ》るったせいで、お父さんには、あたしたちに二度と近づかないようにっていう裁判所《さいばんしょ》の命令が下ってる。本来であればお父さんは、あたしに会う事すらできないはずよ」

悔《くや》しそうに、男《おとこ》は叫んだ。

「親に向かって、なんだその言い方は！」

何が親に向かってだ！

「お前のような娘は、お腹《なか》の子どもども地獄《じごく》に落ちろ‼」

お前こそ地獄に落ちろ！

いまや俺は、完全に女の味方だった。男への怒りが頂点《ちょうてん》に達し、気がつくと腹立《はらだ》ちまぎれに棺桶の壁を思い切り蹴っとばしていた。

その瞬間《しゅんかん》、女は言った。

「この子も怒ってる。だって今、蹴ったもん」

何……？　どういうことだ？　俺はもう一度、壁を蹴った。

「ほら、また蹴った」

まさか……。

「お父さんと一緒《いっしょ》にするなって、お腹の中から、この子は言ってるのよ。あたしだって怒ってる。これ以上つきまとうなら、警察《けいさつ》を呼ぶわ」

バタンと、ドアが閉《し》まる音がした。しばらくして、女は言った。

「……ごめんね、びっくりさせて……」

外側から、全身をなでられるのを感じた。

そうか、そういうことだったのか……。

俺は今、この女のお腹の中にいるのだ……。

すべてに合点《がてん》がいった。棺桶と思っていたのはこの女のお腹の中。さっきの地震は陣痛《じんつう》。俺はどうやら前世《ぜんせ》の記憶を持ったまま、お腹の中に来てしまったらしい……。

いや、ちょっと待て、さっき「5時間後」と聞こえたが、あれは火葬の時刻《じこく》ではなく、出産時刻ということかもしれない。あれからもう5時間くらいは経《た》っている。

ということは……俺はもうすぐ生まれるということなのか？

俺は恐怖《きょうふ》に襲《おそ》われた。自分で自分が怖《こわ》かった。

この女の「父親」が言ったとおり、生まれ変わっても、俺がクズだったとしたら？

また世の中に迷惑《めいわく》をかけてしまう。いや、それよりなにより、今、子どもの誕生を楽しみにしているこの女の人生を、めちゃくちゃにしてしまう。

そんなのは嫌《いや》だ、やめてくれ、俺を産まないでくれ、俺はあんたに迷惑をかけたくない、あんたを不幸にしたくない、俺は生まれてはいけないんだ……。

また壁が大きく揺れた。最後の陣痛が始まったのだ。

「さあ、分娩室《ぶんべんしつ》へ」

という声が聞こえた。ストレッチャーに載《の》ったのだろう、ガタガタという車輪の振動が伝わってきた。俺は絶望した。もうダメだ、生まれてしまう……。

そこへ、あの人の声がした。苦しそうに、でも優《やさ》しく、必死に。

「もうすぐだからね、お母さんがんばる、一生かけてあなたを守る、だから、元気に生まれてきて！」

そっとなでられたのが分かった。

お腹の中の赤《あか》ん坊《ぼう》は、羊水《ようすい》に包まれている。同じ水分だから、調べても分からないだろうと思うけど、この時、俺の涙腺《るいせん》は脈打《みゃくう》っていた。

こんな俺を、この人は守ると言ってくれている。生まれる事に対して、というか生きていることに対して、初めて前向きになれている自分がいた。

「さあ息を吸《す》って、はい、力を入れて！」

という声に続いて、あの人のうめく声が聞こえた。

お腹がぎゅっと収縮《しゅうしゅく》した。

鼓動《こどう》が大きく聞こえ始め、それにつれて意識が薄《うす》れてきた。

記憶が、消えていくのがわかった。

考えることも……だんだん難《むずか》しくなってきた……。

きっと、全部忘れちまう……だから、先に言っておく……

俺、生まれた後、たぶん、いっぱい泣くけど……それって絶対……嬉《うれ》し泣きだから……。

生んでくれて……ありがとう……お母さん……。

…………………。

…………………。

そして、産声《うぶごえ》は上がった。


（作　吉田順）

STAFF

編著　桃戸ハル

絵　田中寛崇

装丁・デザイン　小酒井祥悟・横山佳穂 Siun

編集協力　高木直子

「本物のサンタクロース」　中原涼 作
「地球嫌い」

「ココア色の想い出」　井上香織 作

「拝啓、お母さん」　橘つばさ 作
「５分間の人生相談」
「夢の外で会いましょう」
「隣までの距離」
「あの日、あの時、」
「上司のアドバイス」

「隣に住む殺人鬼」　桃戸ハル・橘つばさ 作
「思い出の絵」
「偽札」
「ある避暑地の出来事」
「鬼のツノ」
「二人の結婚」
「幸せのメロディー」

「あと一歩」　高木敦史 作
「親友」

「葉桜と魔笛」　太宰治 原作、吉田順 翻案

「補聴器」　桃戸ハル 作
「そのときまで」
「花」
「待つ人」
「犯人の正体」
「銅像」

「夏の葬列」　山川方夫 作

「中間管理職の苦悩」　夏目漱石 原案、
桃戸ハル・橘つばさ 翻案

「地獄変」　芥川龍之介 原作、吉田順 翻案
「報恩記」

「生と死の間で」　吉田順 作

桃戸ハル

『5分後に意外な結末』『5秒後に意外な結末』の執筆、編集など。
三度の飯より二度寝が好き。東京都出身。

田中寛崇

1986年新潟市生まれ。多摩美術大学情報デザイン学科情報芸術卒業後、
フリーのイラストレーターとして活動。
主に書籍装幀、挿絵・CDアートワーク、広告やwebの
キービジュアル等を手掛ける。

5分後に思わず涙。

世界が赤らむ、その瞬間に

2017年4月18日　第1刷発行
2017年5月31日　第3刷発行

編著	桃戸ハル
絵	田中寛崇
発行人	川田夏子
編集人	川田夏子
企画・編集	目黒哲也
発行所	株式会社 学研プラス 〒141-8415 東京都品川区 西五反田 2-11-8
印刷所	中央精版印刷株式会社
DTP	株式会社 四国写研

お客様へ
この本に関する各種お問い合わせ先

〈電話の場合〉
編集内容については Tel03-6431-1465(編集部直通)
在庫・不良品(乱丁・落丁など)についてはTel03-6431-1197(販売部直通)

〈文書の場合〉
〒141-8418 東京都品川区西五反田2-11-8
学研お客様センター『5分後に思わず涙。 世界が赤らむ、その瞬間に』係
この本以外の学研商品に関するお問い合わせは下記まで
Tel03-6431-1002(学研お客様センター)

学研の書籍・雑誌についての新刊情報・詳細情報は、下記をご覧ください。
学研出版サイト http://hon.gakken.jp/